中國語言文字研究輯刊

二十編
許學仁 主編

第 3 冊

王念孫《廣雅疏證》訓詁術語研究（下）

張意霞 著

花木蘭文化事業有限公司

國家圖書館出版品預行編目資料

王念孫《廣雅疏證》訓詁術語研究（下）／張意霞 著 -- 初
版 -- 新北市：花木蘭文化事業有限公司，2021〔民110〕
目 4+138 面；21×29.7 公分
（中國語言文字研究輯刊 二十編；第 3 冊）
ISBN 978-986-518-334-9（精裝）
1. 訓詁學
802.08   110000269

ISBN-978-986-518-334-9

中國語言文字研究輯刊
二十編　第三冊　　　　　　　ISBN：978-986-518-334-9

王念孫《廣雅疏證》訓詁術語研究（下）

作　　者　張意霞
主　　編　許學仁
總 編 輯　杜潔祥
副總編輯　楊嘉樂
編　　輯　許郁翎、張雅淋　美術編輯　陳逸婷
出　　版　花木蘭文化事業有限公司
發 行 人　高小娟
聯絡地址　235 新北市中和區中安街七二號十三樓
　　　　　電話：02-2923-1455／傳真：02-2923-1452
網　　址　http://www.huamulan.tw 信箱 service@huamulans.com
印　　刷　普羅文化出版廣告事業
初　　版　2021 年 3 月
全書字數　272153 字
定　　價　二十編 7 冊（精裝）　台幣 20,000 元　　　版權所有・請勿翻印

王念孫《廣雅疏證》訓詁術語研究（下）

張意霞 著

目

次

下　冊

第四章　王念孫《廣雅疏證》重點術語詳析（二）——訓詁術語「通」

第一節　「通」字名詞詮釋

　　清代是我國考據之學最為興盛的朝代，而聲韻對於訓詁的重要性，也在當時大大地彰顯出來。像顧炎武〈答李子德書〉說：「讀九經必自考文始，考文自知音始。」王念孫在〈《廣雅疏證》自序〉中也論及他注疏《廣雅》的原則，他說：

> 竊以詁訓之旨，本於聲音，故有聲同字異、聲近義同，雖或類聚群分，實亦同條共貫，譬如振裘必提其領，舉網必挈其綱。故曰：「本立而道生。知天下之至嘖而不可亂也。」此之不寤，則有字別為音，音別為義，或望文虛造而違古義；或墨守成訓而尟會通。易簡之理既失，而大道多岐矣！今則就古音以求古義，引申觸類，不限形體。苟可以發明前訓，斯凌雜之譏亦所不辭！〔註1〕

　　所以他在《廣雅疏證》中大量使用了「與某通」的術語來訓釋，期待能突破字形上的限制，而能因聲求義，直接從語言的層面來探討。本篇論文即以《廣

〔註1〕參見王念孫《廣雅疏證》，廣文書局，1991年1月再版，第2頁。

雅疏證》「與某通」這個訓詁術語為題材，希望能對其應用範圍及內涵有更深入的瞭解。

第二節　「與某通」術語析論

《廣雅疏證》中的「與某通」術語，包含「某與某通」、「某、某並與某通」、「某亦與某通」、「某與某、某亦通」、「義並與某通」、「義亦與某通」、「字與某通」、「字並與某通」、「古音某與某通」、「某與某古字通」、「某音某某反，與某通」、「某與下某字通」等，共計有709個字組和詞，除字組和詞關係字音讀反切相同的522個外，其餘尚有187個反切不同的字組和詞。其中有184個字組，3個詞，而3個詞又可對應成6個字組。今謹就此反切不同的190個字組加以分析，以觀其聲韻相通的條件。

一、聲韻畢同而通

所謂「聲韻畢同」是指原本《廣韻》中反切不同，但經求其上古聲母及上古韻部後，得到聲韻畢同的結果。

【一】墮：陊

《釋詁·卷一上》「隓……壞也」條下云：陊亦陁也，方俗語有輕重耳。《說文》：「陊，落也。」張衡〈西京賦〉云：「期不陁陊。」《荀子·富國篇》云：「徙壞墮落。」墮與陊通。

謹案：墮《廣韻》徒果切：「落也。」定母、果韻合口一等，上古聲母為定母*d'-，古韻分部在歌部-uai，上古音為*d'uai；王念孫古韻分部在歌部。（又許規切，《說文》云：「隓，拜城阜曰隓。」「墮，篆文隓。」曉母、支韻合口三等，上古聲母為曉母*x-，古韻分部在歌部-rịuai，上古音為*xrịuai；王念孫古韻分部在歌部。）

陊《廣韻》池爾切：「山崩也。」《說文》云：「陊，落也。」澄母、紙韻開口三等，上古聲母為定母*d'-，古韻分部在歌部-rịai，上古音為*d'rịai；王念孫古韻分部在歌部。（又徒可切，定母、哿韻開口一等，上古聲母為定母*d'-，古韻分部在歌部-ai，上古音為*d'ai；王念孫古韻分部在歌部。）

「墮」和「陊」的諧聲偏旁雖然不同，但上古聲母和古韻分部都相同，兩

者屬於聲韻畢同。

【二】亟：䩅

《釋詁・卷一上》「敏……疾也」條下云：各本俱脫䩅字，其勴
勴字下有去力、其御二音。考《玉篇》、《廣韻》、《集韻》勴字俱音其
御切，不音去力切。《說文》：「䩅，急也。」《廣韻》音邱力切。邱
力、去力同音，是去力乃䩅字之音，非勴字之音，今據以補正。《玉
篇》：「䩅，居力切。」《爾雅》：「亟，疾也。」《大雅・靈臺篇》：「經
始勿亟。」亟與䩅通。

謹案：亟《廣韻》去吏切，溪母、志韻開口三等，上古聲母為溪母*kʻ-，古
韻分部在之部-iə，上古音為*kʻiə；王念孫古韻分部在支部。（又紀力切：「急也、
疾也、趣也。」見母、職韻開口三等，上古聲母為見母*k-，古韻分部在之部-iə，
上古音為*kiə；王念孫古韻分部在之部。）

䩅《廣韻》丘力切：「皮鞭兒。」溪母、職韻開口三等，上古聲母為溪母
*kʻ-，古韻分部在之部-iə，上古音為*kʻiə；王念孫古韻分部在之部。

「亟」與「䩅」同諧聲偏旁，且上古聲母和古韻分部相同，兩者屬於聲韻
畢同相通。

【三】炕與抗通

《釋詁・卷一上》「抗……張也」條下云：抗者，〈考工記・梓
人・祭矦辭〉云：「故抗而射女。」鄭注云：「抗，舉也；張也。」
〈小雅・賓之初筵篇〉：「大矦張而弓矢亦張，節也。」《爾雅》：「守
宮槐葉晝聶宵炕。」《齊民要術》引孫炎注云：「炕，張也。」炕與
抗通。

謹案：炕《廣韻》苦浪切：「火炕。」溪母、宕韻開口一等，上古聲母為溪
母*kʻ-，古韻分部在陽部-aŋ，上古音為*kʻaŋ；王念孫古韻分部在陽部。（又呼郎
切：「煮胘。」《說文》云：「炕，乾也。从火亢聲。」曉母、唐韻開口一等，上
古聲母為曉母*x-，古韻分部在陽部-aŋ，上古音為*xaŋ；王念孫古韻分部在陽
部。）

抗《廣韻》又苦浪切：「以手抗舉也，縣也、震也。」溪母、宕韻開口一
等，上古聲母為溪母*kʻ-，古韻分部在陽部-aŋ，上古音為*kʻaŋ；王念孫古韻

分部在陽部。（又胡郎切，《說文》云：「抗，扞也。从手亢聲。」匣母、唐韻開口一等，上古聲母為匣母*ɣ-，古韻分部在陽部-aŋ，上古音為*ɣaŋ；王念孫古韻分部在陽部。）

「炕」和「抗」上古聲母和上古韻部皆相同，屬於聲韻畢同而通。

【四】汙：窊

> 《釋詁‧卷一下》「句……下也」條下云：窊者，《說文》：「窊，汙衺下也。」《漢書‧禮樂志》：「宵窊桂華。」蘇林注云：「宵音眩宵之宵，窊音窊下之窊。」《孟子‧公孫丑篇》：「汙不至阿其所好。」趙歧注云：「汙，下也。」汙與窊通。

謹案：汙《廣韻》屋孤切，影母、模韻合口一等，上古聲母為影母*ʔ-，古韻分部在魚部-ua，上古音為*ʔua；王念孫古韻分部為魚部。（又烏故切：「染也。」影母、暮韻合口一等，上古聲母為影母*ʔ-，古韻分部在魚部-ua，上古音為*ʔua；又羽俱切：「水名。」《說文》云：「汙，穢也。」為母、虞韻合口三等，上古聲母為匣母*ɣj-，古韻分部在魚部-i̯ua，上古音為*ɣji̯ua；王念孫古韻分部為魚部。）

窊《廣韻》烏瓜切：「凹也。」《說文》云：「污衺下也。」影母、麻韻合口二等，上古聲母為影母*ʔ-，古韻分部在魚部-rua，上古音為*ʔrua；王念孫古韻分部為魚部。（又烏　切，影母、禡韻合口二等，上古聲母為影母*ʔ-，古韻分部在魚部-rua，上古音為*ʔrua；王念孫古韻分部為魚部。）

「汙」與「窊」上古聲母皆為影母，在上古韻部方面也都是魚韻，二者屬於聲韻畢同而通。

【五】踣：殕

> 《釋詁‧卷三上》「胺……敗也」條下云：《玉篇》殕又音步北切，云：「斃也。」襄十一年《左傳》：「踣其國家。」亦敗之義也。踣與殕通。

謹案：踣《廣韻》匹候切，滂母、候韻開口一等，上古聲母為滂母*pʻ-，古韻分部在之部-ə，上古音為*pʻə；王念孫古韻分部為之部。（又蒲北切：「斃也、倒也，又作仆。」並母、德韻開口一等，上古聲母為並母*bʻ-，古韻分部在之部-ə，上古音為*bʻə；王念孫古韻分部為之部。）

殕《廣韻》芳武切：「食上生白毛。」敷母、麌韻合口三等，上古聲母為滂母*p'j-，古韻分部在之部-ịuə，上古音為*p'jịuə；王念孫古韻分部在之部。（又方久切：「物敗也。」非母、有韻開口三等，上古聲母為幫母*pj-，古韻分部在之部-ịə，上古音為*pjịə；又愛黑切，影母、德韻開口一等，上古聲母為曉母*ʔ-，古韻分部在之部-ə，上古音為*ʔə；王念孫古韻分部在之部。）

「踣」和「殕」上古聲母和韻部均相同，屬於聲韻畢同而通。

【六】瑩：鎣

《釋詁・卷三上》「礱……磨也」條下云：鎣者，《玉篇》音余傾、烏定二切。左思〈招隱詩〉：「聊可以瑩心神。」李善注引《廣雅》：「瑩，磨也。」瑩與鎣通。

謹案：瑩《廣韻》烏定切，影母、徑韻開口四等，上古聲母為影母*ʔ-，古韻分部在耕部-iəŋ，上古音為*ʔiəŋ；王念孫古韻分部為耕部。（又永兵切：「玉色。」為母、庚韻開口三等，上古聲母為匣母*ɣj-，古韻分部在耕部-iəŋ，上古音為*ɣjiəŋ；王念孫古韻分部為耕部。）

鎣《廣韻》烏定切，影母、徑韻開口四等，上古聲母為影母*ʔ-，古韻分部在耕部-iəŋ，上古音為*ʔiəŋ；（又余傾切：「鎣飾也。」喻母、清韻合口三等，上古聲母擬音為*r-，古韻分部在耕部-ịuəŋ，上古音為*rịuəŋ；王念孫古韻分部為耕部。）

「瑩」和「鎣」上古聲母相同，為雙聲相轉。在上古韻部方面，二者同屬耕部，所以因聲韻畢同而通。

【七】注：鉒

《釋詁・卷四上》「廢……置也」條下云：注與鉒通，《莊子・達生篇》：「以瓦注者巧。」《淮南子・說林訓》作鉒，是其證也。

謹案：注《廣韻》之戌切：「灌注也，又注記也。」《說文》云：「注，灌也。」照母、遇韻合口三等，上古聲母為端母*tj-，古韻分部在侯部-ịau，上古音為*tjịau；王念孫古韻分部在侯部。

鉒《廣韻》中句切：「置也，又送死人物也。」知母、遇韻合口三等，上古聲母為端母*tr-，古韻分部在侯部-ịau，上古音為*trịau；王念孫古韻分部在侯部。

「注」和「鈺」上古聲母和上古韻部皆相同，屬聲韻畢同而通。

【八】盡：燼

《釋詁·卷四下》「炎……炧也」條下云：盡與燼通，字亦作爐，
又作藎。《說文》：「燼，火餘木也。」

謹案：盡《廣韻》慈忍切：「竭也、終也。」《說文》云：「盡，器中空也。
從皿燼聲。」從母、軫韻開口三等，上古聲母為從母*dz'-，古韻分部在真部-ien，
上古音為*dz'ien；王念孫古韻分部為真部。（又即忍切，精母、軫韻開口三等，
上古聲母為精母*ts-，古韻分部在真部-ien，上古音為*tsien；王念孫古韻分部為
真部。）

燼《廣韻》徐刃切：「燭餘。」《說文》云：「燼，火之餘木也。從火聿聲。
一曰薪也。」邪母、震韻開口三等，上古聲母擬音為*rj-，古韻分部在真部
-iens，上古音為*rjiens；王念孫古韻分部為真部。（又疾刃切，從母、震韻開
口三等，上古聲母為從母*dz'-，古韻分部在真部-iens，上古音為*dz'iens；王
念孫古韻分部為真部。）

「盡」與「燼」上古聲母相同，為雙聲相轉。又二者上古韻部同為真部，
所以屬於聲韻畢同而通。

【九】至：致

《釋言·卷五上》「羞……致也」條下云：薄，說見卷一「薄，
至也」下。至與致通。

謹案：至《廣韻》脂利切：「到也。」《說文》云：「至，鳥飛從高下至地也。
從一，一猶地也。象形。不上去而至下，來也。」照母、至韻開口三等，上古
聲母為端母*tj-，古韻分部在質部-iet，上古音為*tjiet。質部在王念孫古韻分部
中稱為至部。

致《廣韻》陟利切：「至也。」《說文》云：「致，送詣也。」知母、至韻開
口三等，上古聲母為端母*tr-，古韻分部在質部-iet，上古音為*triet。質部在王
念孫古韻分部中稱為至部。

「至」和「致」上古聲母和古韻分部都相同，兩者屬於聲韻畢同。

【十】執：縶

《釋蟲·卷十下》「鷹……雄也」條下云：〈夏小正〉：「四月執陟

攻駒。」陟，謂牡馬也。執與縶通。〈月令〉：「遊牝別群，則縶騰駒。」
是其事。

謹案：執《廣韻》之入切：「持也、操也、守也、攝也。」《說文》云：「執，捕辠人也。」照母、緝韻開口三等，上古聲母為端母*t-，古韻分部在緝部-iəp，上古音為*tiəp；王念孫古韻分部在緝部。

縶《廣韻》陟立切：「繫馬。」《說文》云：「馽，絆馬足也。」「縶，馽或从糸執聲。」知母、緝韻開口三等，上古聲母為端母*tr-，古韻分部在緝部-iəp，上古音為*triəp；王念孫古韻分部在緝部。

「執」和「縶」上古聲母和上古韻部均同，屬聲韻畢同而通。

【十一】鐃：撓

《釋詁·卷三上》「悃……亂也」條下云：撓者，《說文》：「撓，擾也。」成十三年《左傳》云：「撓亂我同盟。」《莊子·天道篇》云：「萬物無足以鐃心者。」鐃與撓通。

謹案：鐃《廣韻》女交切：「鐃似鈴無舌。」娘母、肴韻開口二等，上古聲母為泥母*n-，古韻分部在宵部-reu，上古音為*nreu；王念孫古韻分部為宵部。

撓《廣韻》奴巧切，泥母、巧韻開口二等，上古聲母為泥母*n-，古韻分部在宵部-reu，上古音為*nreu；王念孫古韻分部為宵部。（又呼毛切：「擾也。」曉母、豪韻開口一等，上古聲母為曉母*x-，古韻分部在宵部-eu，上古音為*xeu；王念孫古韻分部為宵部。）

「鐃」和「撓」上古聲母相同，為雙聲相轉。而在上古韻部方面，兩者均為宵部。所以本組為聲韻畢同而通。

除上列的 11 組外，尚有 71 組是在「上古聲同母、上古韻同部」的情形下得以相通，今簡列如下：

《釋詁·卷一上》7 組

至與挃通（質部、端母）、抵與氐通（脂部、端母）、威與畏通（脂部、影母）、登與烝通（烝部、端母）、敲與墩通（宵部、溪母）、黎與棃通（脂部、來母）、藙與槷通（月部、疑母）。

《釋詁·卷一下》6 組

梢與稍通（宵部、心母）、窕與姚通（宵部、定母）、造與蓮通（幽部、清母）、獿與糅通（幽部、泥母）、𤕫與㪐通（藥部、精母）、擾亦與糅通（幽部、泥母）。

《釋詁·卷二上》3 組

朋與馮通（蒸部、並母）、彤與朧通（東部、明母）、孫與遜通（諄部、心母）。

《釋詁·卷二下》6 組

時與待通（之部、定母）、䶩與哇通（支部、影母）、乙與軋通（質部、影母）、㧘與隕通（諄部、匣母）、墨與嚜通（之部、明母）、㝢與浚通（幽部、心母）。

《釋詁·卷三上》8 組

知與智通（支部、端母）、切與㓞通（質部、清母）、屯與頓通（屯部、端母）、迭與佚通（質部、定母）、釘與打通（耕部、端母）、厭與壓通（談部、影母）、僝亦與撰通（元部、從母）、膠與攪通（幽部、見母）。

《釋詁·卷三下》5 組

慣與窒通（質部、端母）、圭與蠲通（支部、見母）、凝與疑通（之部、疑母）、導與道通（幽部、定母）、麗與邐通（歌部、來母）。

《釋詁·卷四上》3 組

來與勑通（之部、來母）、漫與慢通（元部、明母）、騰與腾通（蒸部、定母）。

《釋詁·卷四下》7 組

旁與榜通（陽部、並母）、抵與低通（脂部、端母）、來與倈通（之部、來母）、聖與㣚通（質部、精母）、結與髻通（質部、見母）、蔲與𢼇通（幽部、心母）、揣與墮通（歌部、定母）。

《釋言·卷五上》4 組

痒與蛘通（陽部、定母）、何與賀通（歌部、匣母）、瀞與靜通（耕部、從母）、蹏與蹄通（支部、定母）。

《釋言・卷五下》2 組

闇與諳通（侵部、影母）、繵與繕通（元部、定母）。

《釋訓・卷六上》4 組

威與畏通（脂部、影母）、掩與醃通（談部、影母）、陾與仍通（蒸部、泥母）、遽與懅通（魚部、匣母）。

《釋宮・卷七上》2 組

屏與屏通（耕部、並母）、厲與鴷通（月部、來母）。

《釋器・卷七下》3 組

柔與輮通（幽部、泥母）、連與輦通（元部、來母）、縱與裎古字通（耕部、定母）。

《釋器・卷八上》4 組

投與酘通（侯部、定母）、翰與皔通（元部、匣母）、龍與礱通（東部、來母）、醃與晻通（談部、影母）。

《釋地・卷九下》1 組

潭與潯通（侵部、定母）。

《釋草・卷十上》4 組

茭與藃通（宵部、見母）、部與棓古字通（之部、並母）、蔓與萲通（元部、影母）、菀與苑通（元部、影母）。

《釋蟲・卷十下》2 組

罹與羅古字通（歌部、來母）、雕與鵰通（幽部、端母）。

二、聲同韻近而通

韻近的情況在此歸納為「對轉」、「旁轉」兩種，以下乃析論之。

（一）對　轉

【一】劇：割

《釋蟲・卷十下》「騾……犗也」條下云：劇之言虔也。《方言》：「虔，殺也。」義與割通。

謹案：劇《廣韻》居言切：「以刀去牛勢。」見母、元韻開口三等，上古聲

母為見母*k-，古韻分部在元部-ian，上古音為*kian；王念孫古韻分部在元部。

割《廣韻》古達切：「剗也、害也、斷也、截也。」見母、曷韻開口一等，上古聲母為見母*k-，古韻分部在月部-at，上古音為*kat；月部在王念孫古韻分部中稱為祭部。

「劇」和「割」上古聲母相同，為雙聲相轉。在上古韻部方面，元部和月部為陽入對轉。因此劇與割古聲同母，古韻對轉，兩者聲同韻近。

【二】儀：獻

《釋言‧卷五上》「儀……賢也」條下云：引之云：「〈大誥〉：『民獻有十夫。』傳訓獻為賢。《大傳》作『民儀有十夫。』《漢書‧翟義傳》作『民儀九萬夫。』班固〈竇車騎將軍北征頌〉亦云：『民儀響慕，群英景附。』」古音儀與獻通。

謹案：儀《廣韻》魚羈切：「儀容，又義也、正也。」疑母、支韻開口三等，上古聲母為疑母*ŋ-，古韻分部在歌部-iai，上古音為*ŋiai；王念孫古韻分部在歌部。

獻《廣韻》魚列切，疑母、薛韻開口三等，上古聲母為疑母*ŋ-，古韻分部在元部-ian，上古音為*ŋian；王念孫古韻分部在元部。（又素何切，心母、歌韻開口一等，上古聲母為心母*s-，古韻分部在元部-ian，上古音為*sian；又許建切：「進也。」曉母、願韻開口三等，上古聲母為曉母*x-，古韻分部在元部-ian，上古音為*xian；王念孫古韻分部在元部。）

「儀」和「獻」上古聲母相同，為雙聲相轉。在上古韻部方面，歌部和月部為陰入對轉。因此儀與獻古聲同母，古韻對轉，兩者聲同韻近，古音相通。

（二）旁　轉

【一】柳：簍

《釋器‧卷七下》「柚簍……軬也」條下云：柚簍，或但謂之簍。《玉篇》：「簍，車弓也。」《漢書‧布季傳》：「置廣柳車中。」李奇注云：「廣柳，大隆穹也。」柳與簍通。

謹案：柳《廣韻》力久切：「木名。」來母、有韻開口三等，上古聲母為來母*l-，古韻分部在幽部-iəu，上古音為*liəu；王念孫古韻分部在幽部。

簍《廣韻》落侯切，來母、侯韻開口一等，上古聲母為來母*l-，古韻分部在侯部-au，上古音為*lau；王念孫古韻分部在侯部。（又力主切：「小筐。」來母、麌韻合口三等，上古聲母為來母*l-，古韻分部在侯部-ịau，上古音為*lịau；又郎斗切：「籠也。」來母、厚韻開口一等，上古聲母為來母*l-，古韻分部在侯部-au，上古音為*lau；王念孫古韻分部在侯部。）

「柳」和「簍」上古聲母同為來母，雙聲相轉。在上古韻部方面，侯部、幽部可合韻。兩者元音相近，韻尾相同，仍可歸類為旁轉。因此柳與簍古聲同母，古韻旁轉，兩者聲同韻近。

【二】茆：莜

《釋訓·卷六上》「蓩……葆也」條下云：《說文》：「葆，草盛兒。」又云：「莜，細草叢生也。」《漢書·律厤志》：「冒茆於卯。」顏師古注云：「茆謂叢生也。」茆與莜通。

謹案：茆《廣韻》莫飽切，《說文》云：「鳧葵。从艸卯聲。《詩》曰：『言采其茆。』」明母、巧韻開口二等，上古聲母為明母*m-，古韻分部在幽部-rəu，上古音為*mrəu；王念孫古韻分部在幽部。（又力久切，來母、有韻開口三等，上古聲母為來母*l-，古韻分部在幽部-ịəu，上古音為*lịəu；王念孫古韻分部在幽部。）

莜《廣韻》武道切，《說文》云：「莜，細艸叢生也。」明母、晧韻開口一等，上古聲母為明母*m-，古韻分部在幽部-əu，上古音為*məu；王念孫古韻分部在幽部。（又亡壽切，明母、沃韻合口一等，上古聲母為明母*m-，古韻分部在覺部-əuk，上古音為*məuk；王念孫時覺部尚未從幽部分出，所以古韻分部在幽部。又莫候切，明母、候韻開口一等，上古聲母為明母*m-，古韻分部在屋部-auk，上古音為*mauk；王念孫時屋部尚未從侯部分出，所以古韻分部在侯部。）

「茆」和「莜」上古聲母相同，為雙聲相轉。在上古韻部方面，幽部和侯部為旁轉的關係，所以兩者聲同韻近而通。

【三】執：慹

《釋言·卷五下》「執，脅也」條下云：執與慹通。

謹案：執《廣韻》之入切：「持也、操也、守也、攝也。」《說文》云：「執，捕辠人也。」照母、緝韻開口三等，上古聲母為端母*tj-，古韻分部在緝部-iəp，上古音為*tjiəp；王念孫古韻分部在緝部。

懾《廣韻》之涉切：「怖也、心伏也、失常也、失氣也。」照母、葉韻開口三等，上古聲母為端母*tj-，古韻分部在盍部-iap，上古音為*tjiap；王念孫古韻分部在盍部。

「執」和「懾」上古聲母相同，為雙聲相轉。上古韻部方面，在《王念孫二十二韻合韻譜》中，緝、盍可合韻。緝部和盍部為旁轉，因此「執」和「懾」屬於聲同韻近而通。

【四】餲：薆

《釋器・卷八上》「芳……香也」條下云：司馬相如〈上林賦〉云：「晻薆呅莽。」此釋其義也。餚與晻通。《玉篇》：「餲，香也。」餲與薆通。合言之則曰餚餲。《文選・上林賦》注云：「《說文》：『餚餲，香氣奄藹也。』」餚與晻、餲與薆，音義同。

謹案：餲《廣韻》於蓋切：「香也。」影母、泰韻開口一等，上古聲母為影母*ʔ-，古韻分部在月部-at，上古音為*ʔat；月部在王念孫古韻分部中稱為祭部。

薆《廣韻》烏代切：「薆薱草盛。」影母、代韻開口一等，上古聲母為影母*ʔ-，古韻分部在質部-ɐt，上古音為*ʔɐt；質部在王念孫古韻分部中稱為至部。

「餲」和「薆」上古聲母相同，上古韻部方面，在《王念孫二十二韻合韻譜》中，至、祭可合韻。月部和質部為旁轉關係。因此「餲」和「薆」古聲同母，古韻旁轉，兩者聲同韻近而通。

【五】茢：戾：茢

《釋器・卷七下》「蒨草……黃綵也」條下云：《爾雅》：「茈茢草。」郭注云：「可以染紫，一名茈戾。」《廣雅・釋草》云：「茈莀，茈草也。」〈周官・掌草染〉注云：「染草，茅蒐、橐蘆、豕首、紫列之屬。」劉昌宗讀茢為戾。《續漢書・輿服志》注引何承天云：「綟，紫色綬。」此皆謂紫綵也。莀與戾、茢通。

謹案：莀《廣韻》郎計切：「紫草。」來母、霽韻開口四等，上古聲母為來母*l-，古韻分部在質部-iets，上古音為*liets；古韻分部中的質部，王念孫古韻分部稱為至部。

戾《廣韻》郎計切、力計切：「乖也、待也、利也、立也、罪也、來也、至也、定也。」《說文》云：「曲也，从犬出戶下。犬出戶下為戾者，身曲戾也。」來母、霽韻開口四等，上古聲母為來母*l-，古韻分部在質部-iets，上古音為*liets；古韻分部中的質部，王念孫古韻分部稱為至部。（又練結切，來母、屑韻開口四等，上古聲母為來母*l-，古韻分部在質部-iet，上古音為*liet；古韻分部中的質部，王念孫古韻分部稱為至部。）

茢《廣韻》良薛切：「《禮》注云：『桃茢可以為帚，除不祥。』」《說文》云：「茢，芳也。」來母、薛韻開口三等，上古聲母為來母*l-，古韻分部在月部-iat，上古音為*liat；月部在王念孫古韻分部中稱為祭部。

「莀」、「戾」和「茢」上古聲母相同，上古韻部方面，質部和月部旁轉。因此莀與戾、茢古聲同母，古韻旁轉，兩者聲同韻近而通。

【六】boˊ：罷：孋

《釋詁・卷二下》「侏儒……短也」條下云：《廣韻》：「孋，矲短也。」《說文》：「boˊ，短人立boˊboˊ兒。」〈周官・典同〉：「陂聲散。」鄭興注云：「陂讀為人短罷之罷。」〈司弓矢〉：「痺矢。」鄭眾注云：「痺讀為人短罷之罷。」boˊ、罷並與孋通。

謹案：boˊ《廣韻》傍下切：「短人立也。」《說文》云：「boˊ，短人立boˊboˊ兒。」並母、馬韻開口二等，上古聲母為並母*bʻ-，古韻分部在支部-re，上古音為*bʻre；王念孫古韻分部在緝部。

罷《廣韻》薄蟹切：「止也、休也。」並母、蟹韻開口二等，上古聲母為並母*bʻ-，古韻分部在歌部-rai，上古音為*bʻrai。王念孫古韻分部在歌部。（又平陂切，並母、紙韻開口三等，上古聲母為並母*bʻj-，古韻分部在歌部-iai，上古音為*bʻjiai；又皮義切，並母、寘韻開口三等，上古聲母為並母*bʻj-，古韻分部在歌部-iai，上古音為*bʻjiai；《廣韻》符羈切：「倦也，亦止也。」《說文》云：「遣有辠也。从网能。网，辠网也。言有賢能而入网即貰遣之，《周禮》曰：『議能之辟。』是也。」奉母、支韻開口三等，上古聲母為並母*bʻj-，古韻分部在

歌部-ｉai，上古音為*b'ｊｉai；王念孫古韻分部在歌部。）

羅《廣韻》薄蟹切：「羅絡，短也。」並母、蟹韻開口二等，上古聲母為並母*b'-，古韻分部在歌部-rai，上古音為*b'rai。王念孫古韻分部在歌部。

「䠠」、「罷」和「羅」上古聲母相同，為雙聲相轉。在上古韻部方面，支部和歌部為旁轉關係，因此「䠠」、「罷」和「羅」古聲同母，古韻旁轉，屬於聲同韻近而通。

三、聲同韻遠而通

【一】疥：痎

> 《釋詁・卷一上》「欯……病也」條下云：疥讀為痎，《說文》：
> 「痎，二日一發瘧也。」《素問・生氣・通天論》云：「夏傷於暑秋
> 為痎瘧。」昭二十年《左傳》：「齊侯疥，遂痁。」梁元帝讀疥為痎。
> 《正義》引袁狎說云：「痎是小瘧；痁是大瘧。」則疥與痎通。

謹案：疥《廣韻》古拜切：「瘡疥。」見母、怪韻開口二等，上古聲母為見母*k-，古韻分部在月部-rat，上古音為*krat；月部在王念孫古韻分部中稱為祭部

痎《廣韻》古諧切：「瘧疾二日一發。」見母、皆韻開口二等，上古聲母為見母*k-，古韻分部在之部-rə，上古音為*krə；王念孫古韻分部為之部。

「疥」和「痎」上古聲母同為見母，為雙聲相轉。在上古韻部方面，月部和之部無音轉條件。因此「疥」和「痎」屬聲同韻遠而通。

【二】殈：摑

> 《釋詁・卷二上》「𤬜……裂也」條下云：摑，《玉篇》音呼麥
> 切，《集韻》又音洫。〈樂記〉：「卵生者不殈。」鄭注云：「殈，裂也。」
> 徐邈音洫。殈與摑通。

謹案：殈《廣韻》呼臭切：「鳥卵破也。」曉母、錫韻合口四等，上古聲母為曉母*x-，古韻分部在質部-ｉuet，上古音為*xｉuet；質部在王念孫古韻分部中稱為至部。

摑《廣韻》呼麥切：「裂也。」曉母、麥韻開口二等，上古聲母為曉母*x-，古韻分部在之部-rə，上古音為*xrə；王念孫古韻分部為之部。

「殈」和「掝」上古聲母相同，在上古韻部方面，質部和之部無音轉條件。所以二者聲同韻遠。

四、聲近韻同而通

（一）同類相通

所謂「同類」就是指發音部位相同者。同類即可以相諧聲或通用，因為發音部位相同的話，音就容易流轉。

1. 喉　音

【一】何：呵

《釋言・卷五上》「詆……呵也」條下云：《說文》譙字在詆字下云：「何也。」何與呵通。《史記・秦紀》：「信臣精卒陳利兵而誰何？」《索隱》引崔浩云：「何或為呵。」

謹案：何《廣韻》胡歌切：「辭也。」《說文》云：「何，儋也，一曰誰也。」段注云：「按今義何者辭也、問也，今義行而古義廢矣。」匣母、歌韻開口一等，上古聲母為匣母*ɣ-，古韻分部在歌部-ai，上古音為*ɣai；王念孫古韻分部在歌部。（又胡可切，匣母、哿韻開口一等，上古聲母為匣母*ɣ-，古韻分部在歌部-ai，上古音為*ɣai；王念孫古韻分部在歌部。）

呵《廣韻》呼箇切：「噓氣。」曉母、箇韻開口一等，上古聲母為曉母*x-，古韻分部在歌部-ai，上古音為*xai；王念孫古韻分部為歌部。（又呼哥切，曉母、歌韻開口一等，上古聲母為曉母*x-，古韻分部在歌部-ai，上古音為*xai；王念孫古韻分部為歌部。）

「何」和「呵」上古聲母同為舌根音，為同類相通。在上古韻部方面，兩者均為歌部。所以本字組是聲近韻同而通。

2. 舌根音

【一】桰：礜

《釋詁・卷二上》「瓬……裂也」條下云：脰、搿皆裂也；散、桰皆分也。故卷一云：「礜，分也。」《說文》云：「搿，裂也。」桰與礜通，脰與刲通。李賢注訓脰為頸，讀桰為攪擾之攪，皆失之。

謹案：梏《廣韻》古沃切：「手械，紂所作也。」見母、沃韻合口一等，上古聲母為見母*k-，古韻分部在覺部-əuk，上古音為*kəuk；王念孫時覺部尚未從幽部分出，所以古韻分部在幽部。（又古岳切：「直也。」見母、覺韻開口二等，上古聲母為見母*k-，古韻分部在覺部-rəuk，上古音為*krəuk；又古孝切，見母、效韻開口二等，上古聲母為見母*k-，古韻分部在覺部-rəuks，上古音為*krəuks；王念孫時覺部尚未從幽部分出，所以古韻分部在幽部。）

礐《廣韻》苦沃切，《說文》云：「礐，急告之甚也。」溪母、沃韻合口一等，上古聲母為溪母*k'-，古韻分部在覺部-əuk，上古音為*k'əuk；王念孫時覺部尚未從幽部分出，所以古韻分部在幽部。

「梏」與「礐」同類相通。在上古韻部方面，兩者同為覺部。

【二】攐：褰：蹇：搴

《釋詁·卷一下》「摳……舉也」條下云：搴者，《說文》：「攐，摳衣也。」〈鄭風·褰裳篇〉云：「褰裳涉溱。」《莊子·山木篇》云：「蹇裳躩步。」並與搴通。

謹案：攐《廣韻》去乾切：「縮也。」溪母、仙韻開口三等，上古聲母為溪母*k'-，古韻分部在元部-ian，上古音為*k'ian；王念孫古韻分部為元部。

褰《廣韻》去乾切：「褰衣。」溪母、仙韻開口三等，上古聲母為溪母*k'-，古韻分部在元部-ian，上古音為*k'ian；王念孫古韻分部為元部。

蹇《廣韻》居偃切：「跛也，屯難也。」溪母、仙韻開口三等，上古聲母為溪母*k'-，古韻分部在元部-ian，上古音為*k'ian；王念孫古韻分部為元部。（又九輦切，見母、獮韻開口三等，上古聲母為見母*k-，古韻分部在元部-ian，上古音為*kian；王念孫古韻分部為元部。）

搴《廣韻》九輦切：「取也。」見母、獮韻開口三等，上古聲母為見母*k-，古韻分部在元部-ian，上古音為*kian；王念孫古韻分部為元部。

「攐」、「褰」、「蹇」與「搴」同為元韻，在上古聲母方面，四字中有見母、有溪母，屬同類相通。

【三】迋：徍

《釋訓·卷六上》「孜孜……勵也」條下云：徍徍，曹憲音其往

反，《楚辭‧九歎》云：「魂狂狂而南行兮。」王逸注云：「狂狂，惶
遽之貌。」司馬相如〈長門賦〉：「魂狂狂若有亡。」迋與狂通。

謹案：迋《廣韻》俱往切：「欺怨。」見母、養韻合口三等，上古聲母為見
母*k-，古韻分部在陽部-ṳaŋ，上古音為*kḭuaŋ；王念孫古韻分部為陽部。（又于
放切：「勞也。」為母、漾韻合口三等，上古聲母為匣母*ɣj-，古韻分部在陽部
-ṳaŋ，上古音為*ɣjḭuaŋ；王念孫古韻分部為陽部。）

狂《廣韻》求往切：「《楚詞》注云：『狂狂，遑遽兒。』」群母、養韻合口
三等，上古聲母為匣母*ɣ-，古韻分部在陽部-ṳaŋ，上古音為*ɣḭuaŋ；王念孫古
韻分部為陽部。

「迋」和「狂」上古聲母屬同類聲近而通，在上古韻部方面，兩者均屬陽
韻。

另外，以下 27 組字組，也都是屬於舌根音同類相通的情形：

《釋詁‧卷一上》5 組

「既與摡通（見、曉）」、「亨與薌通（曉、見）」、「鎮與頷通（疑、匣）」、
「瘰與鑠通（來、透）」、「欲與悟通（匣、溪）」。

《釋詁‧卷一下》1 組

「懁與儇通（見、曉）」。

《釋詁‧卷二上》3 組

「歂與欲通（溪、匣）」、「扢與頜通（匣、溪）」、「憧、童並與僮通（透、
定、定）」。

《釋詁‧卷三上》1 組

「訛、吪、為、偽並與譌通（疑、疑、匣、匣、疑）」。

《釋詁‧卷三下》1 組

「襄與綆通（溪、見）」

《釋詁‧卷四下》4 組

「敵、根並與敦通（透、定、定）」、「踔、卓字並與趠通（透、端、透）」、
「喟與頯通（溪、匣）」、「柙、押並與甲通（匣、見、見）」。

《釋言‧卷五上》1 組

「詭、危並與恑通（見、疑、見）」

《釋言‧卷五下》1 組

「嚴與譀通（疑、匣）」。

《釋訓‧卷六上》2 組

「憒與潰通（見、匣）」、「結與詰通（見、溪）」。

《釋器‧卷七下》4 組

「莢與筴通（見、匣）」、「韜、綯並與綯通（透、透、定）」、「縠與鬠通（匣、溪）」、「捲、圈並與益通（溪、匣、匣）」。

《釋器‧卷八上》1 組

「權與爟通（匣、見）」。

《釋天‧卷九上》2 組

「絜與禊通（見、匣）」、「抵、睼並與題通（端、透、定）」。

《釋蟲‧卷十下》1 組

「蚼與駒通（匣、見）」。

3. 舌尖音

【一】敕：勑

《釋詁‧卷一上》「巛……順也」條下云：勑者，卷二云：「敕，理也。」理，亦順也。敕與勑通。

謹案：敕《廣韻》恥力切：「誡也、正也、固也、勞也、理也、書也、急也，今相承用勑。」徹母、職韻開口三等，上古聲母為透母*t'r-，古韻分部在之部-iə，上古音為*t'riə；王念孫古韻分部為之部。

勑《廣韻》洛代切，《說文》云：「勑，勞也。」來母、代韻開口一等，上古聲母為來母*l-，古韻分部在之部-ə，上古音為*lə；王念孫古韻分部為之部。

「敕」和「勑」上古聲母屬同類聲近而通，兩者在上古韻部方面同為之部。

【二】呈：逞

《釋詁‧卷一下》「紓……解也」條下云：隱九年《左傳》：「乃可以逞。」杜預注云：「逞，解也。」《論語‧鄉黨篇》云：「逞，顏色。」僖二十三年《左傳》《釋文》云：「呈，勑景反，本或作逞。」是呈與逞通。

謹案：呈《廣韻》直貞切：「示也、平也、見也。」澄母、清韻開口三等，上古聲母為定母*dʻ-，古韻分部在耕部-iaŋ，上古音為*dʻiaŋ；王念孫古韻分部為耕部。（又直正切：「自媒衒。」澄母、勁韻開口三等，上古聲母為定母*dʻ-，古韻分部在耕部-iaŋs，上古音為*dʻiaŋs；王念孫古韻分部為耕部。）

逞《廣韻》丑郢切：「通也、疾也、盡也。」徹母、靜韻合口三等，上古聲母為透母*tʻ-，古韻分部在耕部-iuaŋ，上古音為*tʻiuaŋ；王念孫古韻分部為耕部。

「呈」與「逞」的上古聲母屬同類相通，在上古韻部方面則均為耕部。

【三】示：眡

《釋詁·卷一下》「教……語也」條下云：眡者，王逸注〈九章〉

云：「示，語也。」示〔註2〕與眡通。

謹案：示《廣韻》神至切，《說文》云：「示，天垂象，見吉凶，所目示人也。从二三垂：日、月、星也。觀乎天文，目察時變，示神事也。」神母、至韻開口三等，上古聲母擬音為*dʻj-，古韻分部在脂部-iei，上古音為*dʻjiei。王念孫古韻分部在脂部。

眡《廣韻》常利切，《說文》云：「眡，古文視。」禪母、至韻開口三等，上古聲母擬音為*sdʻj-，古韻分部在脂部-iei，上古音為*sdʻjiei。王念孫古韻分部在脂部。

「示」和「眡」上古聲母屬同類聲近而通，在上古韻部方面，兩者均在脂部，所以本字組屬於聲近韻同相通。

【四】錟：銛

《釋詁·卷二下》「劙……利也」條下云：銛者，《說文》：「利，銛也。」《漢書·賈誼傳》：「莫邪為鈍兮，鉛刀為銛。」晉灼注云：「世俗謂利為銛徹。」〈燕策〉云：「強弩在前，銛戈在後。」《史記·蘇秦傳》作錟。錟與銛通。《說文》：「銛，臿屬。」亦利之義也。

謹案：錟《廣韻》徒甘切：「長矛。」定母、談韻開口一等，上古聲母為定母*dʻ-，古韻分部在談部-am，上古音為*dʻam；王念孫古韻分部為談部。

〔註2〕　本版本中此字為「云」，但據上下文及語法上來看，此字應為「示」。

銛《廣韻》息廉切:「銛,利也。」《說文》云:「銛,臿屬。」《纂文》曰:「鐵有距施竹頭以擲魚為銛也。」心母、鹽韻開口三等,上古聲母為心母*s,古韻分部在月部-iat,上古音為*siat;月部在王念孫古韻分部中稱為祭部。(又他玷切:「取也。」透母、忝韻開口四等,上古聲母為透母*t'-,古韻分部在月部-iat,上古音為*t'iat;又古活切,見母、末韻合口一等,上古聲母為見母*k-,古韻分部在月部-uat,上古音為*kuat;月部在王念孫古韻分部中稱為祭部。)

「錟」和「銛」上古聲母屬同類而通。

【五】朱:銖

> 《釋詁·卷三上》「銅⋯⋯鈍也」條下云:銖者,《淮南子·齊俗訓》:「其兵戈銖而無刃。」高誘注云:「楚人謂刃頓為銖。」《莊子·庚桑楚篇》:「人謂我朱愚。」朱與銖通。

謹案:朱《廣韻》章俱切:「赤也。」《說文》云:「朱,赤心木,松柏屬也。從木一在其中。」照母、虞韻合口三等,上古聲母為端母*tj-,古韻分部在侯部-iau,上古音為*tjiau;王念孫古韻分部為侯部。

銖《廣韻》市朱切,《說文》云:「銖,權十絫黍之重也。」禪母、虞韻合口三等,上古聲母擬音為*sd'j-,古韻分部在侯部-iau,上古音為*sd'jiau;王念孫古韻分部為侯部。

「朱」和「銖」同為侯部,在上古聲母方面,發音部位相同,同類相通。而古韻分部皆為侯部。

除以上的例子外,還有 19 組的「與某通」是因為「同類−舌尖音」的原因而相通。以下簡述之:

《釋詁·卷一上》3 組

「念與埝通(泥、端)」、「逞與盈通(透、定)」、「傲與致通(定、端)」。

《釋詁·卷一下》2 組

「窕與佻通(定、透)」、「拓、斥並與祏通(端、透、透)」。

《釋詁·卷二上》1 組

「脰與剅通(定、端)」。

《釋詁·卷二下》2 組

「段與鍛通(定、端)」、「窒與恎通(端、定)」。

《釋詁‧卷三上》1 組

「窋與篠通（定、透）」。

《釋詁‧卷四上》4 組

「憚與癉通（定、端）」、「僮與邅通（定、端）」、「闡與僤通（透、定）」、
「攝音之涉反，與福通（透、端）」。

《釋詁‧卷四下》1 組

「騠與鞮通（定、端）」。

《釋言‧卷五上》1 組

「踶與鷈通（定、透）」。

《釋訓‧卷六上》2 組

「怓與沭通（透、定）」、「對與對通（端、定）」。

《釋宮‧卷七上》1 組

「瑱與碩通（透、定）」。

《釋器‧卷八上》1 組

「荼與琭通（定、透）」。

4. 舌尖前音

【一】竈：造

《釋言‧卷五上》「草……造也」條下云：案造即竈之借字也。

〈大祝〉：「二曰造。」故書造作竈，是竈與造通。

謹案：竈《廣韻》則到切：「《淮南子》曰：『炎帝作火，死而為竈。』」精
母、號韻開口一等，上古聲母為精母*ts-，古韻分部在幽部-əu，上古音為*tsəu；
王念孫古韻分部為幽部。

造《廣韻》昨早切：「造作。」《說文》云：「造，就也。从辵告聲。」從
母、晧韻開口一等，上古聲母為從母*dzʻ-，古韻分部在幽部-əu，上古音為
*dzʻəu；王念孫古韻分部在幽部。（又七到切：「至也。」清母、號韻開口一等，
上古聲母為清母*tsʻ-，古韻分部在幽部-əu，上古音為*tsʻəu；又七刀切：「至
也。」清母、豪韻開口一等，上古聲母為清母*tsʻ-，古韻分部在幽部-əu，上
古音為*tsʻəu；王念孫古韻分部在幽部。）

「竈」與「造」的上古聲母屬於同類聲近相通，在上古韻部方面，兩者均為幽部。

【二】資：齊

　　《釋詁・卷一上》「敏……疾也」條下云：齊者，《爾雅》：「齊，疾也。」《荀子・君道篇》云：「齊給便捷而不惑。」《史記・五帝紀・索引》云：「尚書大傳曰：『多聞而齊給。』鄭注云：『齊，疾也。』」《說苑・敬慎篇》：「資給疾速。」資與齊通。《春秋》衛世叔齊字疾，是其義也。

　　謹案：資《廣韻》即夷切：「助也、機也、貨也。」精母、脂韻開口三等，上古聲母為精母*ts-，古韻分部在脂部- i̯ei，上古音為*tsi̯ei；王念孫古韻分部為脂部。

　　齊《廣韻》徂奚切：「整也、中也、莊也、好也、等也。」從母、齊韻開口四等，上古聲母為從母*dz‘-，古韻分部在脂部-iei，上古音為*dz‘iei；王念孫古韻分部在脂部。（又在詣切，從母、霽韻開口四等，上古聲母為從母*dz‘-，古韻分部在脂部-iei，上古音為*dz‘iei；王念孫古韻分部在脂部。）

　　「資」與「齊」的上古聲母屬同類聲近相通。在上古韻部方面同為脂部。

　　除以上的例子外，還有下列的 9 個字組，也都是屬於舌尖前音同類聲近而相通的情況：

《釋詁・卷一上》2 組

「齊與齋通（從、精）」、「組、駔並與珇通（精、從、精）」。

《釋詁・卷一下》1 組

「鰌、緧並與遒通（從、清、從）」。

《釋詁・卷二上》1 組

「隤、蕢並與憒通（從、從、清）」。

《釋詁・卷三下》1 組

「鑽和欑通（精、從）」。

《釋詁・卷四上》1 組

「瀙與下清字通（從、清）」。

《釋言・卷五上》2 組

「狙與虘通（清、從）」、「腊與皵通（心、清）」。

《釋訓・卷六上》1 組

「從與慫通－從、心」。

5. 脣　音

【一】覆：腹

《釋詁・卷一下》「穌……生也」條下云：腹者，〈樂記〉云：「煦
嫗覆育萬物。」覆與腹通。

謹案：覆《廣韻》芳福切，《說文》云：「覂也。从襾復聲。一曰蓋也。」
敷母、屋韻開口三等，上古聲母為滂母*p'j-，古韻分部在幽部-iau，上古音為
*p'jiau；又敷救切、敷六切、扶富切，敷母、宥韻開口三等，上古聲母為滂母
*p'j-，古韻分部在幽部-iau，上古音為*p'jiau；王念孫古韻分部為幽部。

腹《廣韻》方六切，《說文》云：「腹，厚也。」非母、屋韻口等，上古聲母
為幫母*pj-，古韻分部在幽部-iau，上古音為*pjiau；王念孫古韻分部為幽部。

「覆」和「腹」上古聲母皆屬脣音，同類聲近相通。兩者上古韻部都是幽
部。

【二】泊：怕

《釋詁・卷四下》「恬……靜也」條下云：怕者，《說文》：「怕，
無為也。」《老子》云：「我獨泊兮其未兆。」司馬相如〈子虛賦〉
云：「怕乎無為，憺乎自持。」泊與怕通。

謹案：泊《廣韻》傍各切：「止也。」並母、鐸韻開口一等，上古聲母為並
母*b'-，古韻分部在鐸部-ak，上古音為*b'ak；王念孫時鐸部尚未從魚部分出，
所以古韻分部在魚部。

怕《廣韻》普駕切：「怕懼。」《說文》云：「怕，無偽也。」滂母、禡韻開
口三等，上古聲母為滂母*p'-，古韻分部在鐸部-iaks，上古音為*p'iaks；又普伯
切：「憺怕，靜也。」滂母、陌韻開口二等，上古聲母為滂母*p'-，古韻分部在
鐸部-rak，上古音為*p'rak；王念孫時鐸部尚未從魚部分出，所以古韻分部在魚
部。

「泊」和「怕」上古聲母皆為脣音，屬同類聲近而通。本字組上古韻部方面同為鐸部。

【三】䓶：繁

《釋蟲‧卷十下》「鷩鳥……鴉也」條下云：鷩與繁通。……繁與鷩俱從敏聲而音為煩，曹憲乃云：「鷩字人多作煩音，失之。」是直不知鷩鳥之為繁鳥也。鷩，或作蕃。《北山經》：「涿光之山，其鳥多蕃。」郭璞注云：「或云即鴉也，音煩。」又其一證矣。

謹案：查《廣韻》中無鷩字，《集韻》弭盡切，明母、準韻合口三等，上古聲母為明母$*m$-，古韻分部在諄部$-ri̯uən$，上古音為$*mri̯uən$；王念孫古韻分部為諄部。

繁《廣韻》附袁切：「概也、多也。」奉母、元韻合口三等，上古聲母為並母$*b'j$-，古韻分部在元部$-ri̯uan$，上古音為$*b'jri̯uan$；王念孫古韻分部在元部。（又薄官切，並母、桓韻合口一等，上古聲母為並母$*b'$-，古韻分部在元部$-uan$，上古音為$*b'uan$；王念孫古韻分部在元部。又薄波切，並母、戈韻合口一等，上古聲母為並母$*b'$-，古韻分部在歌部$-uai$，上古音為$*b'uai$；王念孫古韻分部在歌部。）

「鷩」和「繁」上古聲母屬於同類聲近而通，在上古韻部方面，兩者同屬之部。

除以上的例子外，還有 14 組的「與某通」是因為「同類－脣音」的原因而相通，今簡述如下：

《釋詁‧卷一上》4 組

「佛與費通（並、幫）」、「泛與覂通（並、幫）」、「撫與舞通（滂、明）」、「駢與併通（並、幫）」。

《釋詁‧卷二上》1 組

「暴與爆通（並、幫）」。

《釋詁‧卷三下》2 組

「茀、弗並與拂通（滂、幫、滂）」、「祓與拂、弗亦通（滂、滂、幫）」

《釋詁‧卷四下》2 組

「舖、鋪並與補通（幫、滂、幫）」、「朦、朦義並與豐通（明、明、滂）」。

《釋訓·卷六上》2 組

「披與被通（滂、並）」、「棼與紛通（並、滂）」。

《釋宮·卷七上》1 組

「庰與屏通（並、幫）」。

《釋器·卷八上》1 組

「伐、撥並與瞂通（並、幫、並）」

《釋草·卷十上》1 組

「棼與芬通（並、滂）」。

（二）同位相通

所謂「同位」就是指發音方法相同的意思。凡古聲同位的，音間有流轉，因此同位則音可互變。

【一】釦：呴：呴：牉

《釋詁·卷二上》「詢……鳴也」條下云：牉者，李善注〈江賦〉引《聲類》云：「呴，噪也。」《爾雅·釋畜》《釋文》引《字林》云：「牉，牛鳴也。」〈燕策〉云：「呴籍叱咄。」《後漢書·童恢傳》云：「其一虎視恢鳴呴。」牉、呴、呴並同。〈吳語〉：「三軍皆譁釦以振旅。」《眾經音義》卷十九引作譁呴。又引賈逵注云：「呴，譹也。」《說文》：「呴，厚怒聲也。」義並與牉通。

謹案：呴《廣韻》呼后切，曉母、厚韻開口一等，上古聲母為曉母*x-，古韻分部在侯部-au，上古音為*xau；王念孫古韻分部為侯部。（又香句切：「吐沫。」曉母、遇韻合口三等，上古聲母為曉母*x-，古韻分部在侯部-ị̆au，上古音為*xị̆au；王念孫古韻分部為侯部。）

呴《廣韻》呼后切，曉母、厚韻開口一等，上古聲母為曉母*x-，古韻分部在侯部-au，上古音為*xau；（又呼漏切：「恥辱。」曉母、候韻開口一等，上古聲母為曉母*x-，古韻分部在覺部-auks，上古音為*xauks；王念孫時覺部尚未從侯部分出，所以古韻分部在部侯部。）

牉《廣韻》呼后切，曉母、厚韻開口一等，上古聲母為曉母*x-，古韻分部在侯部-au，上古音為*xau；王念孫古韻分部為侯部。

鈒《廣韻》苦后切:「曲也,又劍屬字樣句之類,並無著厶者。」溪母、厚韻開口一等,上古聲母為溪母*k'-,古韻分部在侯部-au,上古音為*k'au;王念孫古韻分部為侯部。

「鈒」、「呴」、「㖒」和「欨」的上古聲母為曉母與溪母,曉母與溪母同位,都是次清送氣的聲母。

【二】蟬:轏

《釋器·卷七下》「轏……軔也」條下云:《淮南子·說林訓》云:「殷之所為不可更,則椎車至今無蟬匷。」《鹽鐵論·非鞅篇》云:「椎車之蟬攫,負子之教也。」蟬與轏通。

謹案:蟬《廣韻》市連切:「蜩也。《禮記》:『仲夏之月蟬始鳴,季秋之月寒蟬鳴。』《援神契》曰:『蟬無力,故不食也。』」禪母、仙韻開口三等,上古聲母擬音為*sd'j-,古韻分部在元部-ian,上古音為*sd'jian;王念孫古韻分部為元部。

轏《廣韻》士連切:「軒轏。」牀母、仙韻開口三等,上古聲母為從母*dz'r-,古韻分部在元部-ian,上古音為*dz'rian;王念孫古韻分部為元部。(又士山切,牀母、山韻開口二等,上古聲母為從母*dz'-,古韻分部在元部-an,上古音為*dz'an;又昨閑切,從母、山韻開口二等,上古聲母為從母*dz'-,古韻分部在元部-an,上古音為*dz'an;王念孫古韻分部為元部。)

「蟬」和「轏」上古聲母的禪母與從母同位,都是全濁送氣的聲母。在上古韻部方面,「蟬」和「轏」同屬元部。

【三】拾:跲

《釋詁·卷三上》「庸……代也」條下云:跲者,〈鄉射禮〉:「取弓矢拾。」〈士喪禮下篇〉:「及丈夫拾踊三。」〈投壺〉:「請拾投。」鄭注並云:「拾,更也。」拾與跲通。

謹案:拾《廣韻》是執切:「收拾,又掇也、斂也。」禪母、緝韻開口三等,上古聲母擬音為*sd'j-,古韻分部在緝部-iəp,上古音為*sd'jiəp;王念孫古韻分部為緝部。

跲《廣韻》巨業切,群母、業韻開口三等,上古聲母為匣母*ɣ-,古韻分部在緝部-iəp,上古音為*ɣiəp;王念孫古韻分部為緝部。(又居怯切,見母、業韻

開口三等，上古聲母為見母*k-，古韻分部在緝部-iəp，上古音為*kiəp；又古洽切：「躓礙。」見母、洽韻開口二等，上古聲母為見母*k-，古韻分部在緝部-rəp，上古音為*krəp；王念孫古韻分部為緝部。）

「拾」和「跲」上古聲母為禪母和匣母，兩者均為濁聲送氣，再加上二字韻同，則聲易相通。

五、發音部位相近而通

發音部位相近的聲母，也容易產生相通的情形。

【一】述：率

> 《釋言・卷五下》「律，率也」條下云：《太平御覽》引《春秋・元命包》云：「律之為言率也，所以率氣令達也。」又引宋均注云：「率，猶遵也。」《續漢書・律厤志》注引〈月令・章句〉云：「律者，清濁之率法也。」《周官・典同》注云：「律，述氣者也。」述與率通。

謹案：述《廣韻》食聿切，《說文》云：「述，循也。」神母、術韻合口三等，上古聲母擬音為*dʻj-，古韻分部在質部-iuet，上古音為*dʻjiuet；質部在王念孫古韻分部中稱為至部。

率《廣韻》所律切，《說文》云：「率，捕鳥畢也。象絲网，上下其竿柄也。」疏母、質韻開口三等，上古聲母為心母*s-，古韻分部在質部-iet，上古音為*siet；質部在王念孫古韻分部中稱為至部。

「述」和「率」上古聲母一為舌尖音、一為舌尖前音，但因為發音部位相近，仍可歸屬於同類聲近而通，在上古韻部方面，兩者均為質部。

六、聲遠韻同而通

【一】稟：懍

> 《釋詁・卷一上》「虔……敬也」條下云：懍、悛者，《方言》：「稟、悛，敬也。秦、晉之閒曰稟，齊曰悛，吳、楚之閒自敬曰稟。」稟與懍通。

謹案：稟《廣韻》筆錦切：「供穀，又與也。」幫母、寢韻開口三等，上古

聲母為幫母*p-，古韻分部在侵部-iəm，上古音為*piəm；王念孫古韻分部為侵部。

懍《廣韻》力稔切：「敬也、畏也。」來母、寢韻開口三等，上古聲母為來母*l-，古韻分部在侵部-iəm，上古音為*liəm；王念孫古韻分部為侵部。

「稟」和「懍」上古聲母「幫」為全清重脣音；「來」為次濁半舌音，發音部位不同，發音方法也相異，因此稟與懍二字應無聲母上的關係，在上古韻部方面，兩者均為侵部，所以純粹韻母上的同韻相通。

【二】招：翹

> 《釋詁·卷一下》「摳……舉也」條下云：翹者，《莊子·馬蹄篇》云：「齕草飲水，翹足而陸。」翹足謂舉足也。〈周語〉：「好盡言以招人過。」韋昭注云：「招，舉也。」《列子·說符篇》：「孔子之勁，能招國門之關。」招並與翹通。

謹案：招《廣韻》止遙切：「招呼也、來也。」照母、宵韻開口三等，上古聲母為端母*tj-，古韻分部在宵部-iɐu，上古音為*tjiɐu；王念孫古韻分部為宵部。

翹《廣韻》渠遙切：「舉也、懸也、危也、又鳥尾也。」群母、宵韻開口三等，上古聲母為匣母*ɣ-，古韻分部在宵部-iɐu，上古音為*ɣiɐu；王念孫古韻分部為宵部。（又巨要切，群母、笑韻開口三等，上古聲母為匣母*ɣ-，古韻分部在宵部-iɐu，上古音為*ɣiɐu；又巨堯切，群母、蕭韻開口四等，上古聲母為匣母*ɣ-，古韻分部在宵部-iɐu，上古音為*ɣiɐu；王念孫古韻分部為宵部。）

「招」和「翹」上古聲母「端」為全清舌頭音；「匣」為全濁喉音，發音部位不同，因此招與翹二字應無聲母上的關係，不過它們的上古韻部都是宵部，所以應純粹是韻母上的同韻相通。

【三】繆：摎

> 《釋詁·卷三上》「約……束也」條下云：〈檀弓〉：「衣衰而繆絰。」鄭注云：「繆當為『不摎垂』之摎。」《說文》：「摎，縛殺也。」《漢書·外戚傳》：「即自繆死。」鄭氏注云：「繆，自縊也。」繆與摎通。

謹案：繆《廣韻》莫浮切，《說文》云：「繆，枲十絜也。」明母、尤韻開口三等，上古聲母為明母*m-，古韻分部在幽部-iəu，上古音為*miəu；王念孫古韻分部為幽部。（又武彪切：「《詩傳》云：『綢繆，猶纏緜也。』」微母、幽韻開口三等，上古聲母為明母*mj-，古韻分部在幽部-iəu，上古音為*mjiəu；又莫六切，明母、屋韻開口三等，上古聲母為明母*m-，古韻分部在幽部-iəu，上古音為*miəu；王念孫古韻分部為幽部。）

摎《廣韻》古肴切：「束也、撓也。」見母、肴韻開口二等，上古聲母為見母*k-，古韻分部在幽部-rəu，上古音為*krəu；王念孫古韻分部為幽部。（又力求切：「絞縛殺也」來母、尤韻開口三等，上古聲母為來母*l-，古韻分部在幽部-iəu，上古音為*liəu；王念孫古韻分部為幽部。）

「繆」和「摎」上古聲母「明」為次濁重脣音；「見」為全清牙音。發音部位不同，因此繆與摎二字應無聲母上的關係，在上古韻部方面，兩者均為幽部。

七、聲近韻近而通

【一】策：藉：柵

《釋宮‧卷七上》「柵謂之棚」條下云：《說文》：「柵，編樹木也。」《釋名》云：「柵，蹟也，以木作之，上平蹟然也。」《莊子‧天第篇》云：「內大勝盈於柴柵。」〈達生篇〉：「祝宗人元端以臨牢策。」李頤注云：「策，木欄也。」《列子‧仲泥篇》：「長幼群聚，而為牢藉庖廚之物。」策、藉並與柵通。

謹案：策《廣韻》楚革切：「謀也、籌也。《釋名》曰：『策書教令於上，所以驅策諸下也。』又馬箠也。」初母、麥韻開口二等，上古聲母為清母*ts‘-，古韻分部在支部-re，上古音為*ts‘re；王念孫古韻分部為支部。

柵《廣韻》所晏切：「籬柵。」《說文》云：「柵，編豎木也。」疏母、諫韻開口二等，上古聲母為心母*s-，古韻分部在支部re，上古音為*sre；王念孫古韻分部為支部。（又所攀切，疏母、刪韻開口二等，上古聲母為心母*s-，古韻分部在支部re，上古音為*sre；又楚革切：「豎木立柵，又村柵。」初母、麥韻開口二等，上古聲母為清母*ts‘-，古韻分部在支部-re，上古音為*ts‘re；王念孫古韻分部為支部。）

藉《廣韻》慈夜切，《說文》云：「祭藉也，一曰艸不編狼藉。」從母、禡韻開口三等，上古聲母為從母*dz'-，古韻分部在鐸部-ĭak，上古音為*dz'ĭak；在王念孫時鐸部尚未從魚部分出，所以古韻分部在魚部。（又秦昔切，從母、昔韻開口三等，上古聲母為從母*dz'-，古韻分部在鐸部-ĭak，上古音為*dz'ĭak；在王念孫時鐸部尚未從魚部分出，所以古韻分部在魚部。）

「策」、「柵」和「藉」上古聲母皆為舌尖前音，同類聲近而通，在上古韻部方面，支部和魚部為旁轉關係，所以也屬韻近。

【二】厂：渫：悷

《釋詁·卷三下》「䁇……明也」條下云：悷者，《眾經音義》卷十二引〈倉頡篇〉云：「悷，明也。」《漢書·王莽傳》云：「瞋眊不渫。」《說文》：「厂，明也。」厂、並渫與悷通。

謹案：厂《廣韻》呼旰切，《說文》云：「厂，山石之厓巖人可尻，象形。」曉母、翰韻開口一等，上古聲母為曉母*x-，古韻分部在元部-an，上古音為*xan；王念孫古韻分部為元部。（又呼旱切，曉母、旱韻開口一等，上古聲母為曉母*x-，古韻分部在元部-an，上古音為*xan；王念孫古韻分部為元部。）

渫《廣韻》私列切：「治井，亦除去。」心母、薛韻開口三等，上古聲母為心母*s-，古韻分部在盍部-ĭap，上古音為*sĭap；王念孫古韻分部為盍部。（又七洽切，清母、洽韻開口二等，上古聲母為清母*ts'-，古韻分部在盍部-rap，上古音為*ts'rap；王念孫古韻分部為盍部。）

悷，《集韻》丑例切：「明也，一曰習也。」徹母、祭韻開口三等，上古聲母為透母*t'-，古韻分部在月部-ĭats，上古音為*t'ĭats；月部在王念孫古韻分部中稱為祭部。（又餘制切，喻母、祭韻開口三等，上古聲母擬音為*r-，古韻分部在月部-ĭat，上古音為*rĭat；月部在王念孫古韻分部中稱為祭部。）

「厂」、「渫」與「悷」的聲韻雖然都不同，但聲母方面，「心」、「曉」、「徹」為同位，韻母方面，月部和元部為陽入對轉，和盍部為旁轉關係。

八、詞與詞相通者

在《廣雅疏證》的與某通中，有一種非字組的關係，而是以詞組的狀態出現。有雙聲、有疊韻或古同音的，為連語的互通。其中反切不同的只有三組。

【一】（1）酉：酋（2）澤：繹

《釋詁・卷三上》「廳……熟也」條下云：《說文》：「酋，繹酒也。」《釋名》云：「酒，酉也。釀之米麴酉澤，久而味美也。」酉澤與酋繹通。

謹案：酉《廣韻》與久切：「飽也、老也、首也。」《說文》云：「酉，就也。八月黍成，可以酐酒。」喻母、有韻開口三等，上古聲母擬音為*r-，古韻分部在幽部-iəu，上古音為*riəu；王念孫古韻分部為幽部。

酋《廣韻》自秋切：「長也。」《說文》云：「酋，繹酒也。从水半見於上。《禮》有大酋，掌酒官也。」從母、尤韻開口三等，上古聲母為從母*dz'-，古韻分部在幽部-iəu，上古音為*dz'iəu；王念孫古韻分部為幽部。

澤《廣韻》場伯切：「潤澤，又恩也，亦陂澤。《釋名》曰：『下有水曰澤。』」《說文》云：「澤，光潤也。」澄母、陌韻開口二等，上古聲母為定母*d'-，古韻分部在鐸部-rak，上古音為*d'rak；在王念孫時鐸部尚未從魚部分出，所以古韻分部在魚部。

繹《廣韻》羊益切：「理也、陳也、長也、大也、終也、充也。」《說文》云：「繹，擂絲也。」喻母、昔韻開口三等，上古聲母擬音為*r-，古韻分部在鐸部-iak，上古音為*riak；王念孫時鐸部尚未從魚部分出，所以古韻分部在魚部。

經以上的分析可見「酉」與「酋」上古聲同位，在上古韻部方面皆為幽部，所以可互通為用。而「澤」與「繹」上古聲母同為舌尖音，屬同類聲近而通，且韻部相同。

【二】（1）奰：膖（2）眉：呬

《釋詁・卷二上》「腜……盛也」條下云：《玉篇》：「膖，盛肥也。」《方言》注云：「膖呬，充壯也。」《說文》：「奰，壯大也。」亦作奰。〈大雅・蕩篇〉：「內奰于中國。」毛傳云：「不醉而怒曰奰。」正義云：「奰者，怒而作氣之貌。」張衡〈西京賦〉：「巨靈奰眉。」薛綜注云：「奰眉，作力之貌也。」奰眉與膖呬通。

謹案：奰《廣韻》平祕切：「怒也，又一曰迫也。」並母、至韻開口三等，上古聲母為並母*b'-，古韻分部在質部-iət，上古音為*b'iət；質部在王念孫古韻分部中稱為至部。

膍《廣韻》平祕切：「壯大。」並母、至韻開口三等，上古聲母為並母*b'-，古韻分部在質部-iet，上古音為*b'iʊt；質部在王念孫古韻分部中稱為至部。（又匹備切：「盛肥。」滂母、至韻開口三等，上古聲母為滂母*p'-，古韻分部在質部-iet，上古音為*p'iet；質部在王念孫古韻分部中稱為至部。）

眉《廣韻》許介切，《說文》云：「眉，臥息也。」曉母、怪韻開口二等，上古聲母為曉母*x-，古韻分部在質部-ret，上古音為*xret；質部在王念孫古韻分部中稱為至部。

呬《廣韻》虛器切：「息也。」曉母、至韻開口三等，上古聲母為曉母*x-，古韻分部在質部-iet，上古音為*xiet；質部在王念孫古韻分部中稱為至部。（又丑致切，徹母、至韻開口三等，上古聲母為徹母*t'r-，古韻分部在質部-iet，上古音為*t'riet；質部在王念孫古韻分部中稱為至部。）

「爨眉」與「膍呬」是兩個疊韻的連綿詞。「爨」和「膍」兩者反切相同，屬於聲韻畢同。「眉」和「呬」的上古聲母同為曉母，而韻部也同為質部。所以亦屬聲韻畢同。

【三】（1）樠：簡（2）爰：箮

《釋天·卷九上》「篆……籭也」條下云：《說文》：「籭，樠爰也。」

徐鍇傳云：「《字書》：『簡箮，簡牘也。』」樠爰與簡箮通。

謹案：樠《廣韻》母官切：「無穿孔狀。」《說文》云：「樠，平也。」明母、桓韻合口一等，上古聲母為明母*m-，古韻分部在諄部-uən，上古音為*muən；王念孫古韻分部為諄部。

簡《廣韻》莫旱切：「竹器。」明母、旱韻開口一等，上古聲母為明母*m-，古韻分部在諄部-ən，上古音為*mən；王念孫古韻分部為諄部。

爰《廣韻》雨元切：「於也、行也、為也、哀也。」《說文》云：「爰，引也。」為母、元韻合口三等，上古聲母為匣母*ɣ-，古韻分部在元部-ian，上古音為*ɣian；王念孫古韻分部為元部。

箮《廣韻》胡管切：「簡箮，簡也。」匣母、緩韻合口一等，上古聲母為匣母*ɣ-，古韻分部在元部-uan，上古音為*ɣuan；王念孫古韻分部為元部。

「樠」和「簡」上古聲韻均同，屬聲韻畢同而通，而「爰」和「箮」的情況也是一樣，所以本詞組是屬於聲韻畢同而通用的。

以上這 3 組詞組對應成的 6 個字組中，就有 4 組是屬於聲韻畢同而通的情形。另外的 2 組則是舌尖音的同類相通與同位相通的情況，所以在《廣雅疏證》「與某通」中，凡詞與詞相通都是雙聲、疊韻或同音的聯綿詞，在相通的條件上比字組更為嚴格。

第三節　結語

上海大學朱國理先生在〈《廣雅疏證》的「通」〉一文中，將「通」的含義分成同源詞、本字和通假字、異體字和雙音節聯綿詞、名物詞或者其中一個音節的不同書寫形式等四類，並且下了一個結論說：

> 由此可見，「通」這個訓詁術語既稱不上是語源學術語，也稱不上是文字學術語。它除可能指同源詞外，還可能指通假字、異體字、聯綿詞或名物詞的不同書寫形式等。以今人的眼光看，只能說它指的是一個含義比較籠統的概念。〔註3〕

不過無論「通」是表達上述四類的哪一類，字組之間的聲韻條件都是不可或缺的。上古音韻必須具有怎樣的條件，在王念孫《廣雅疏證》中才會將它用「與某通」的方式來呈現呢？今根據以上的分析，將結果表列如下：

聲韻畢同而通	古今反切均同		522
	反切不同但古音同（含詞中對應字組 4 組）		85
聲同韻近而通	韻對轉		2
	韻旁轉		7
聲同韻遠而通			1
聲近韻同而通	同類相通	同為喉音	1
		同為舌根音	30
		同為舌尖音（含詞中對應字組 1 組）	25
		同為舌尖前音	11
		同為脣音	18
	同位相通（含詞中對應字組 1 組）		4
	發音部位相近而通		1
聲遠韻同而通			4
聲近韻近而通			2

〔註3〕參見朱國理先生〈《廣雅疏證》的「通」〉，《古籍整理研究學刊》2001 年第 1 期，第60 頁。

從以上《廣雅疏證》「與某通」音讀的表列分析中顯示：

（一）在 713 個「與某通」的字組中，有 607 字組是聲韻畢同而通，佔總數的 85.13％；至少雙聲或疊韻的字組有 104 個，佔總數的 14.59％；僅聲近韻近而通的有 2 個，只佔 0.28％。可見王念孫對於文字相通條件十分用心，稱得上「通」的字組，幾乎都符合雙聲、疊韻或同音的條件。

本人也將此次觀察的結論，與李秀娟先生《文選李善注訓詁釋語「通」與「同」辨析》中有關「通」字音讀的結論相比較〔註4〕，在李善注的訓詁釋語中，「聲韻畢同類」佔最多數，高達 77.1％，與此次的分析結果不謀而合。可見雙聲疊韻正是字組相通的主要方式與條件。

（二）除聲韻畢同而通的字組外，其餘 104 個雙聲或疊韻的字組中，以疊韻相通為多，總計有 94 組，佔 90.38％；而雙聲相通的只有 10 組，佔 9.62％。由此可知，韻部的穩定性較強，而聲母的流轉較易。也可以更明確地說，聲母的發聲與韻部的關係密切。當聲母產生音變時，韻部可保持不變；但韻部產生音轉時，聲母則易隨之起變化。

（三）在聲同類的部分中，我們可以看出聲母的變化以舌音之間的變化最多，同樣的發聲部位，卻可因氣流的收、發、送方式不同，而產生通假的音變。

（四）在字義方面，由於多數字組各字本義不同，表示這些本義不同的字，只有在某些固定的用語上可通用，並非像同義詞，可以任意互換使用的。

〔註4〕參看李秀娟先生《文選李善注訓詁釋語「通」與「同」辨析》第 358 頁，輔仁大學中國文學研究所碩士論文，1999 年 5 月出版。

第五章　王念孫《廣雅疏證》重點術語詳析（三）──訓詁術語「同」

第一節　「同」字名詞詮釋

《說文》云：「同，合會也。从冃口。」段注云：「口皆在所覆之下，是同之意也。」[註1] 由此本義可知，所謂「同」為眾口所言，原與字形無關，而和字音與字義的關係較密切。不過由於清朝以前的學者多以形釋訓，所以「同」的訓釋範圍也拓展到字形。

目前最早將「同」運用在訓詁術語上的應是許慎《說文解字》。在解釋字形方面，許慎用的是「A 與 B 同」，例如：

> 《說文·第九篇下》「麂」字下云：「麂，豕也，後蹱廢謂之麂。
> 从旦从二匕、矢聲，麂足與鹿足同。」[註2]

> 《說文·第十四篇下》「丙」字下云：「丙，古文亥，亥為豕。
> 與豕同。」段注云：「謂二篆之古文實一字也。豕之古文見九篇豕部，
> 與亥古文無二字。」[註3]

〔註1〕參見段玉裁注《段注說文解字》第 357 頁。
〔註2〕參見段玉裁注《段注說文解字》第 461 頁。
〔註3〕參見段玉裁注《段注說文解字》第 759 頁。

在解釋字音方面，《說文》中最常出現的是「A讀與B同」，而A與B之間的關係有音同音近者，也有諧聲偏旁相同者。例如：

《說文·第一篇上》「玜」字下云：「玜，石之似玉者。从玉、厶聲，讀與私同。」段注云：「凡言讀與某同者，亦即讀若某也。」〔註4〕

《說文·第九篇上》「籲」字下云：「籲，呼也。从頁、龠聲，讀與龥同。商書曰：『率籲眾戚。』」〔註5〕

以上是屬於諧聲偏旁相同的。也有音同而用「同」的。例如：

《說文·第三篇下》「攽」字下云：「攽，撫也。从攴、亡聲，讀與撫同。商書曰：『率籲眾戚。』」〔註6〕

謹案：攽與撫《廣韻》反切同為芳武切，屬於聲韻畢同，雖然在字形上並無相似之處，但攽為撫的異體字，兩者字義相同。

《說文·第十篇下》「惄」字下云：「惄，惡兒。从心、弱聲，讀與惄同。」段注云：「《毛詩》『惄如輖飢』《韓詩》作『愵如』。《方言》：『愵，憂也。自關而西，秦、晉之閒或曰惄。』蓋古愵、惄通用。」〔註7〕

謹案：惄與愵《廣韻》反切同為奴歷切，兩者聲韻畢同，在字形上並無相似之處，在字義上兩者都是憂的意思。此外，也有注重字義關係的「A與B同意」，例如：

《說文·第四篇下》「叀」字下云：「叀，礙不行也。从叀、引而止之也。叀者如叀馬之鼻，从冂，此與牽同意。」段注云：「從冂者象挽之使止如牽字，冂象牛縻可引之使行也。故曰此與牽同意。」〔註8〕

《說文·第十四篇上》「勺」字下云：「勺，枓也。所㠯挹取也，

〔註4〕參見段玉裁注《段注說文解字》第17頁。
〔註5〕參見段玉裁注《段注說文解字》第426頁。
〔註6〕參見段玉裁注《段注說文解字》第126頁。
〔註7〕參見段玉裁注《段注說文解字》第518頁。
〔註8〕參見段玉裁注《段注說文解字》第161頁。

象形中有實，與包同意。」段注云：「與包同意謂包象人裹子、勺象

器盛酒漿，其意一也。」〔註9〕

從以上《說文》的例子看來，所謂「同」就是凡字詞之間的字形相同、字音相同或字義相同，都可以用「同」這個術語來詮釋。

在《廣雅疏證》中用「同」的術語共有 959 個，其中有字組也有詞。在明顯標出何處「同」的術語中，大致可分為四類：

一、屬於「形同」的

「正與此同」、「同」、「同字」、「某書與某書同」，這些大多用來說明不同版本的相同用字。

二、屬於「音同」的

「A、B 古同聲而通用」、「A、B 古並同聲」、「古者 A、B 同聲」、「古音正同耳」、「同音」、「同聲」、「A 與 B 古同聲」，其中多用以標註古今音的差別與同用的原音。

三、屬於「義同」的

「凡言 A 者並同義」、「AB 字異而義同」、「A 與 B 同義」、「A、B 同義」、「A 與 B 之義同」、「其義同也」、「意與此同」、「義亦同也」、「義亦與某同」、「義同」、「義並與某同」、「A 與 B 亦同義」、「A 與 B 聲近義同」、「A 聲與 B 近而義同」。

四、屬於「音義同」的

「凡言與 A 同聲者皆 A 之義」、「A 與 B 同聲同義」、「A、B 並聲義而同」、「A 與 B 音義同」、「A、B 聲義並同」。

另外還有未表明相同內涵為何的「A、B 並同」、「A 與 B 同」，以下乃分析這兩類術語的情況。

第二節　「A、B 並同」術語析論

《廣雅疏證》中的「A、B 並同」術語共計有 35 個字組，其中因諧聲偏旁相同而音義皆同的字組有 14 組、聲必同原而音義皆同者有 13 組、音近而義同

〔註9〕參見段玉裁注《段注說文解字》第 722 頁。

者有 6 組，而僅義同者則有 2 組。所以音義皆同才用「A、B 並同」術語的就高達 27 組，佔 77.14％，音近義同的有 6 組，佔 17.14％，而沒有音韻關係，僅義同的只 2 組，佔 5.72％，比例上而言可謂極少。

一、諧聲偏旁相同而音義皆同者

諧聲偏旁相同則音義皆同，這個概念源於宋代王聖美的「右文說」，後人雖因「聲符的位置乃以適宜為要，未必皆右」而駁斥了「右文說」，但是在形聲字的研究上，則得到「聲必兼義」的結論。魯實先先生《假借遡原》中就提到：

> 蓋嘗遠覽遐輈，博稽隊緒，而後知形聲之字必以會意為歸。其
> 或非然，厥有四類。一曰狀聲之字聲不示義。……二曰識音之字聲
> 不示義。所謂識音之字，別其畦町，蓋有兩類，其一附加聲文，其
> 二名從異俗。……三曰方國之名聲不示義。……四曰假借之文聲不
> 示義。〔註10〕

因此若為形聲字的諧聲偏旁相同，則音義皆同。在《廣雅疏證》「A、B 並同」的術語中，A、B 諧聲偏旁相同的共有 14 組，例如：

【一】訆：叫：噭

> 《釋詁・卷二上》「謞……鳴也」條下云：訆者，《說文》：「訆，
> 大呼也。」「叫，嘑也。」「噭，大呼也。」訆、叫、噭竝同。

謹案：訆、叫、噭《廣韻》同為古弔切，上古音在見母、幽部，屬於聲韻畢同。在字義方面均有「呼」的意思，因此三者音義皆同。

【二】竣：踆：逡

> 《釋詁・卷三上》「匍……伏也」條下云：竣者，〈齊語〉：「有司
> 已於事而竣。」韋昭注云：「竣，踆伏也。」張衡〈東京賦〉作踆，
> 《爾雅・釋言》注引〈齊語〉作逡，竣、踆、逡竝同。

謹案：竣、踆、逡《廣韻》同為七倫切，上古音在清母、諄部，屬於聲韻畢同。在字義方面均有「退」的意思，因此三者音義皆同。

〔註10〕參見魯實先先生《假借遡原》第 36～71 頁。

【三】曲、笛、箈

《釋器·卷八上》「箈謂之薄」條下云：《說文》：「薄，蠶薄也。」
《方言》：「薄，宋、魏、陳、楚、江、淮之閒謂之**笛**，或謂之麹。自
關而西謂之薄。南楚謂之蓬薄。」《說文》：「**笛**，蠶薄也。」又云：
「曲，蠶薄也。」曲、笛、箈並同。

謹案：曲、笛《廣韻》同為丘玉切，上古音在溪母、屋部，箈《廣韻》中
無此字，《集韻》入聲燭部下「笛、箈《說文》：『蠶薄也。』或作笛，亦從竹，
通作曲。」所以曲、笛、箈聲韻畢同。在字義方面均有「薄」的意思，因此三
者音義皆同。

除上列的 3 組外，尚有 11 組是在「諧聲偏旁相同而音義皆同」的情形使用
「並同」的術語，今簡列如下：

《釋詁·卷一上》1 組

稘、朞、期並同（見母、之部）。

《釋詁·卷一下》1 組

頀、籰、蔓並同（匣母、鐸部）。

《釋詁·卷二上》2 組

昔、臂、腊、焟並同（心母、鐸部）；轇、轈、鞾並同（匣母、微部）。

《釋詁·卷三上》1 組

慗、悖、誖並同（並母、沒部）。

《釋詁·卷三下》1 組

逡、竣、踆並同（清母、諄部）。

《釋言·卷五上》1 組

薺、薺並同（從母、歌部）。

《釋器·卷七下》1 組

榞、耨、鎒並同（泥母、屋部）。

《釋器·卷八上》1 組

酥、穄、蘩並同（明母、東部）。

《釋水·卷九下》2 組

箄、籬、簰並同（幫母、支部）；桴、泭、汸、柎並同（並母、侯部）。

二、字形有異而音義皆同者

在「A、B並同」的術語中，有15個字組是屬於上古音相同、義亦相同，但形體上未必同類的。這類的字魯實先先生稱之為「聲必同原」，他說：

> 所謂聲必同原者，謂轉注之字聲韻俱同，不必聲文相合。……
> 凡同音轉注之字，未嘗雜以方俗殊語，與古今音變，此必中夏雅言，
> 為一字異體。蓋以各遵雅言以構文字，是以結體雖殊，而音義無異，
> 此同音轉注之所以肇興也。〔註11〕

所以在字組中雖然有古今異體，但是卻未產生音變的問題。以下乃舉例說明：

【一】尰：𤸷：瘇：歱

> 《釋詁‧卷二上》「朓……腫也」條下云：痕者，《說文》：「痕，朓瘢也。」亦腫起之義也，尰與腫聲相近，《說文》：「瘇，脛氣腫足也。」引〈小雅‧巧言篇〉：「既微且瘇。」籀文作𤸷，今《詩》作尰。《爾雅》云：「腫足為尰。」《呂氏春秋‧盡數篇》云：「重水所多尰與躄人。」《漢書‧賈誼傳》云：「天下之勢，方病大瘇。」尰、𤸷、瘇、歱並同。

謹案：《集韻》上聲二腫韻下云：「瘇歱𤸷尰膧，豎勇切。《說文》：『脛氣足腫。』引《詩》『既微且瘇』，或作瘇歱𤸷尰膧。」所以本字組上古音同為禪母、東部，聲韻畢同，在字義方面皆有「腫」的意思。

【二】沬：頮：靧

> 《釋詁‧卷二下》「澇……洒也」條下云：沬者，《說文》：「沬，洒面也。」《漢書‧律厤志》引〈顧命〉曰：「王乃洮沬水。」今本沬作頮。馬融注云：「頮，頮面也。」〈內則〉云：「面垢，燂潘請靧。」沬、頮、靧並同。

謹案：沬《廣韻》無沸切，微母、未韻合口三等，上古聲母為明母*hmj-，古韻分部在沒部-iuəts，上古音為*hmjiuəts；又莫貝切，明母、泰韻開口一等，上古聲母為明母*hm-，古韻分部在沒部-əts，上古音為*hməts。王念孫上古音分

部為脂部。

　　頮、靧《廣韻》荒內切，曉母、隊韻合口一等，上古聲母為曉母*hm-，古韻分部在微部-uəi，上古音為*hmuəi；王念孫上古音分部為脂部。

　　所以沬、頮、靧三字上古音相同，而字義上都有「洒」的意思。

【三】緧：緅：鞧

　　《釋器‧卷七下》「絇……緧也」條下云：《說文》：「絇，馬緧也。」「緧，馬絇也。」《釋名》云：「鞧，道也，在後道迫使不得卻縮也。」〈考工記‧輈人〉：「緧其牛後。」鄭眾注云：「關東設紂為緧。」緧、緅、鞧並同。

　　謹案：緧、緅、鞧《集韻》雌由切，清母、尤韻開口三等，上古聲母為清母*tsʻj-，古韻分部在幽部-iəu，上古音為*tsʻjiəu；王念孫上古音分部為幽部。三者音同，且均有「馬紂」之意。

【四】棖：樘

　　《釋詁‧卷三下》「禦……止也」條下云：棖者，距之止也。《說文》：「距，止也。」說見〈釋言〉「樘，距也」下。棖、樘；距、歫並同。

　　謹案：棖《廣韻》直庚切，澄母、庚韻開口二等，上古聲母為定母*dʻ-，古韻分部在陽部-raŋ，上古音為*dʻraŋ；王念孫古韻分部在陽部。

　　樘《廣韻》宅耕切，澄母、耕韻開口二等，上古聲母為定母*dʻ-，古韻分部在陽部-raŋ，上古音為*dʻraŋ；王念孫古韻分部在陽部。

　　棖與樘同音，兩者均有「止」意。

【五】䈇、簍

　　《釋器‧卷七下》「曲梁謂之」條下云：《說文》：「笱，曲竹捕魚笱也。」「䈇、曲梁，寡婦之笱，魚所留也，」或作簍，引〈魯語〉：「溝眾簍。」今本作䈇。韋昭注云：「䈇，笱也。」《爾雅》云：「凡曲者為䈇。」又云：「嫠婦之笱謂之䈇。」釋文：「䈇，木或作罶。」䈇、簍並同。

　　謹案：䈇《集韻》力久切，來母、有韻開口三等，上古聲母為來母*l-，古

韻分部在幽部-iəu，上古音為*liəu；王念孫古韻分部在幽部。

　　寥《集韻》力久切，來母、有韻開口三等，上古聲母為來母*l-，古韻分部在幽部-iəu，上古音為*liəu；王念孫古韻分部在幽部。

　　罶和寥同音，字義方面亦同。

　　除上列的 5 組外，尚有 10 組是在「聲義同原而音義皆同者」的情形使用「並同」的術語，今簡列如下：

《釋詁・卷一上》2 組

假、格、佫竝同（見母、魚[鐸]部）；擽、攘、捃並同（見母、諄部）。

《釋詁・卷一下》1 組

粗、䬸、糅並同（泥母、幽部）。

《釋詁・卷二上》1 組

然、蘺、難竝同（泥母、元部）。

《釋詁・卷三上》2 組

鑢、鐂、鋁（來母、魚部）；饎、餼、糦竝同（透母、之部）。

《釋器・卷七下》2 組

褰、襗、褉竝同（溪母、元部）；䩥、鞅、革竝同（見母、職部）。

《釋器・卷八上》2 組

藜、庲、氂、釐竝同（來母、之部）；笫、簜、樋竝同（端母、歌部）。

三、音近而義同者

　　對於音近而義同者，魯實先先生認為是「或以方語差殊，或以古今音變，較之雅言有韻變而存其聲者……有聲變而存其韻者……」〔註12〕，這一類的字組有聲同韻近者、有聲近韻近者：

【一】愻：遜：孫：巽

　　　　《釋詁・卷一上》「巛……順也」條下云：巽、順聲亦相近。《說
　　　文》：「愻，順也。」引《唐書》：「五品不愻。」今本作遜，字或作
　　　孫，又作巽，竝同。

謹案：愻、遜、巽《廣韻》蘇困切，心母、慁韻合口一等；孫《廣韻》思渾切，心母、渾韻合口一等，四者上古聲母均為心母*s-，但古韻分部愻、遜、孫在諄部-uən，上古音為*suən；王念孫古韻分部在諄部；而巽在元部-uan，上古音為*suən；王念孫古韻分部在元部。諄部和元部有旁轉的關係，所以本字組屬於聲同韻近者。在字義方面，四者皆為「順」意。

【二】犼、呴、吼

《釋詁・卷二上》「詢……鳴也」條下云：犼者，李善注〈江賦〉引《聲類》云：「呴，喚也。」《爾雅・釋畜》、《釋文》引《字林》云：「犼，牛鳴也。」〈燕策〉云：「呴籍叱咄。」《後漢書・童恢傳》云：「其一虎視恢鳴吼。」犼、呴、吼並同。

謹案：犼、呴、吼《廣韻》呼后切，曉母、厚韻開口一等，上古聲母為曉母*x-，而古韻分部則犼、呴在侯部-au，上古音為*xau；王念孫古韻分部在侯部。而吼在東部-auŋ，上古音為*xauŋ；王念孫古韻分部在東部。東部和侯部為對轉關係，所以本字組屬於聲同韻近者。在字義方面，三者皆有「鳴」的意思。

【三】（1）罦：罞；（2）罦：罜

《釋器・卷七下》「罦……兔罝也」條下云：《說文》：「罞，覆車网也。」引〈王風・兔爰篇〉：「雉離于罞。」或作罦。又云：「罦，兔罝也。」《爾雅》：「罬謂之罦。罦，覆車也。」孫炎注云：「覆車網可以掩兔者也。」郭璞注云：「今之翻車也，有兩轅，中施罥以捕鳥。」〈月令〉：「罝罞羅網畢翳。」鄭注云：「獸罟曰罝罞。」高誘《淮南子》注云：「罜，麋鹿罟也。」《莊子・胠篋篇》：「削格羅落罝罜之知多，則獸亂於澤矣。」釋文：「罜，本又作罦。」罦、罞；罦、罜並同。

謹案：罦、罞、罦、罜《廣韻》縛謀切，奉母、尤韻開口三等，上古聲母為並母*bʻj-，罦、罞古韻分部在幽部-ﾞiəu，上古音為*bʻjiəu；王念孫古韻分部在幽部。罦、罜古韻分部在之部-iə，上古音為*bʻjiə；王念孫古韻分部在之部。幽部和之部的主要元音相同，之部無韻尾，音易流轉，所以兩字組屬於聲同韻近者。字義方面均有「網」的意思。

【四】（1）瞑：眠；（2）寱：囈

《釋言‧卷五下》「懬，寱也」條下云：《眾經音義》卷十四引《三倉》云：「懬，訹言也。」《說文》：「懬，寱言不慧也。」「寱，瞑言也。」《列子‧周穆王篇》云：「眠中喑囈呻呼。」瞑、眠、寱、囈竝同。

謹案：瞑《廣韻》莫賢切、亡千切，明母、先韻開口四等，上古聲母為明母*m-，古韻分部在耕部-iəŋ，上古音為*miəŋ；又莫經切，明母、青韻開口四等，上古聲母為明母*m-，古韻分部在耕部-iəŋ，上古音為*miəŋ；又莫甸切，明母、霰韻開口四等，上古聲母為明母*m-，古韻分部在耕部-iəŋs，上古音為*miəŋs；王念孫古韻分部在耕部。

眠《廣韻》莫賢切，明母、先韻開口四等，上古聲母為明母*m-，古韻分部在真部-iən，上古音為*miən；王念孫古韻分部在真部。

寱《廣韻》魚祭切，疑母、祭韻開口三等，上古聲母為疑母*ŋ-，古韻分部在月部-ĭat，上古音為*ŋĭat；月部在王念孫古韻分部中稱為祭部。

囈《廣韻》魚祭切，疑母、祭韻開口三等，上古聲母為疑母*ŋ-，古韻分部在月部-ĭat，上古音為*ŋĭat；月部在王念孫古韻分部中稱為祭部。

以上瞑與眠屬於聲同韻近，寱與囈為聲韻畢同，但若四個字來做比對，則發現瞑、眠和寱、囈在上古聲母方面明母和疑母同屬收聲，同位音近。不過在上古韻部方面，月部和真部、耕部主要元音不同，韻尾差距亦多，所以四者之間沒有韻的關係。在字義方面，本字組皆有「眠」意。

四、僅義同者

【一】（1）癃：癑；（2）躄：躃

《釋言‧卷五下》「躄，癃也」條下云：《說文》：「躄，人不能行也。」「癃，罷病也，足不能行，故謂之癃病。」《史記‧平原君傳》：「躃者曰：『臣不幸有罷癃之病。』」是也。癃、癑、躄、躃竝同。

謹案：癃《廣韻》力中切：「病也，亦作癑。」來母、東韻開口三等，上古聲母為來母*l-，古韻分部在東部-ĭauŋ，上古音為*lĭauŋ；王念孫古韻分部在東部。

壁、躄《廣韻》必益切：「人不能行。」幫母、昔韻開口三等，上古聲母為幫母，*p-，上古韻分部在錫部-iek，上古音為*pi̯ek；王念孫古韻分部在支部。

本字組兩兩同音，但是癃、瘙和壁、躄之間卻聲韻皆遠，來母為舌尖音，幫母是脣音，而東部和錫部更是主要元音和韻尾均不同。所以兩字組唯一相關的是字義方面，此四者均有「病」意。

【二】翿：翢

　　《釋器・卷七下》「幢謂之翢」條下云：《方言》：「翿、幢，翳也。楚曰翿。關西、關東皆曰幢。」《說文》：「翿，翳也，所以舞也。」引〈陳風・宛邱篇〉：「左執翳。」今本作翿。《爾雅》：「翢，纛也，翳也。」郭注云：「今之羽葆幢。」「舞者所以自蔽翳。」《釋名》云：「翿，陶也，其貌陶陶下垂也。」〈鄉射禮記〉云：「君國中射，則以翿旌獲，白羽與朱羽糅。」《周官・鄉師》：「及葬，執纛，以與匠師御匶而治役。」鄭注云：「〈雜記〉曰：『匠人執翿以御柩。』翿，羽葆幢也，以指麾輓柩之役，正其行列進遟。」翳，翿、翢竝同。

　　謹案：翳《廣韻》烏奚切：「蔽也。」《說文》云：「翳，華蓋也，从羽殹聲。」影母、齊韻開口四等，上古聲母為影母*ʔ-，古韻分部在質部-iet，上古音為*ʔi̯et；又烏計切，影母、霽韻開口四等，上古聲母為影母*ʔ-，古韻分部在質部-iets，上古音為*ʔi̯ets；又於計切：「羽葆也。又隱也、奄也、障也，又鳥名似鳳。」影母、霽韻開口四等，上古聲母為影母*ʔ-，古韻分部在質部-iets，上古音為*ʔi̯ets；古韻分部中的質部，王念孫古韻分部稱為至部。

　　翿《廣韻》徒刀切：「纛也。亦作翢，舞者所執也。」定母、豪韻開口一等，上古聲母為定母*d'-，古韻分部在幽部-əu，上古音為*d'əu；又徒到切，定母、號韻開口一等，上古聲母為定母*d'-，古韻分部在幽部-əu，上古音為*d'əu；王念孫古韻分部在幽部。

　　翢《廣韻》徒刀切：「羽葆幢。」定母、豪韻開口一等，上古聲母為定母*d'-，古韻分部在幽部-əu，上古音為*d'əu；又土刀切，透母、豪韻開口一等，上古聲母為透母*t'-，古韻分部在幽部-əu，上古音為*t'əu；王念孫古韻分部在幽部。

　　雖然翢和翿的音義皆同，但兩者與翳的關係因為影母和定母不論發音部位及方法均不同，而質部和幽部音不相近，所以僅只義同而已。

第三節　「Ａ與Ｂ同」術語析論

　　《廣雅疏證》中的「Ａ與Ｂ同」術語共計有個 733 字組，69 個詞，其中囚諧聲偏旁相同而音義皆同的字組有 465 組、詞有 37 組；音近音同而義同的字組有 268 組、詞有 32 組。

一、字組間的關係

（一）諧聲偏旁相同而音義皆同者

【一】擥：擎

　　《釋詁·卷一上》「龕……取也」條下云：擥者，《說文》：「擎，撮持也。」《管子·弟子職篇》云：「飯必奉擎。」《楚辭·離騷》：「夕擥洲之宿莽。」《釋名》：「擥，斂也，斂置手中也。」擥與擎同。

　　謹案：擥《廣韻》盧敢切：「擥持。」來母、敢韻開口一等，上古聲母為來母*l-，古韻分部在談部-am，上古音為*lam；王念孫古韻分部在談部。

　　擎《廣韻》魯甘切：「手擎取。」來母、談韻開口一等，上古聲母為來母*l-，古韻分部在談部-am，上古音為*lam；王念孫古韻分部在談部。

　　擥和擎上古音聲韻畢同，字義方面亦相同。

【二】偵：貞

　　《釋詁·卷二上》「何……問也」條下云：偵讀為貞。《說文》：「貞，小問也。」《周官·天府》：「陳玉以貞來歲之媺惡。」〈大卜〉：「凡國大貞。」鄭眾注竝云：「貞，問也。」〈吳語〉云：「請貞於陽小。」〈緇衣〉引《易》：「恆其德偵。」鄭注云：「偵，問也。」今《易》作貞，是偵與貞同。曹憲讀為偵伺之偵，失之。

　　謹案：偵《廣韻》陟盈切：「偵問。」知母、清韻開口三等，上古聲母為端母*tr-，古韻分部在耕部-ieŋ，上古音為*trieŋ；又豬孟切，知母、敬韻開口二等，上古聲母為端母*t-，古韻分部在耕部-reŋ，上古音為*treŋ；又丑良切，徹母、陽韻開口三等，上古聲母為透母*t'r-，古韻分部在耕部-ieŋ，上古音為*t'rieŋ；又丑鄭切，徹母、清韻開口三等，上古聲母為透母*t'r-，古韻分部在耕部-ieŋ，上古音為*t'rieŋ；王念孫古韻分部在耕部。

貞《廣韻》陟盈切：「正也。」《說文》云：「貞，卜問也。」知母、清韻開口三等，上古聲母為端母*tr-，古韻分部在耕部-ieŋ，上古音為*trieŋ；王念孫古韻分部在耕部。

偵和貞上古音聲韻畢同，字義方面亦同有「問」意。

【三】罍：甀

> 《釋器・卷七下》「瓵……瓶也」條下云：《說文》：「䍃，小缶也。」《漢書・揚雄傳》：「吾恐後人用覆醬瓿也。」顏師古注云：「瓿，小罌也。」《說文》：「㽅，瓦器也。」又云：「罍，小口罌也。」徐鍇傳云：「《周禮》注：『鑑如罍，大口。』是罍小口也。」罍與甀同，字亦作垂。

謹案：罍《廣韻》是為切：「小口罌也。」禪母、支韻合口三等，上古聲母擬音為*sdʻj-，古韻分部在歌部-i̯uai，上古音為*sdʻji̯uai；王念孫古韻分部在歌部。

甀《廣韻》直垂切：「小口罌。」澄母、支韻合口三等，上古聲母為定母*dʻ-，古韻分部在歌部-ri̯uai，上古音為*dʻri̯uai；又大果切，定母、果韻合口一等，上古聲母為定母*dʻ-，古韻分部在歌部-uai，上古音為*dʻuai；又馳偽切，澄母、寘韻合口三等，上古聲母為定母*dʻ-，古韻分部在歌部-i̯uai，上古音為*dʻi̯uai；王念孫古韻分部在歌部。

罍和甀皆為小口罌，上古聲母禪母和定母主要子音*dʻ-相同，僅詞頭與介音的差別，在上古韻部方面則同為歌部。所以這組詞仍屬於聲韻畢同而義同。

除上面舉例的3組外，尚有462組是在「諧聲偏旁相同而音義皆同」的情形使用「A與B同」的術語，今簡列如下：

《釋詁・卷一上》22組

彀與彀同；俊與夋同；憑與馮同；刎與勿同；廣與曠同；喻與踰同；怗與惉同；疫與瘦同；瘡與創同；浸與淩同；帶與殢同；蔽與敝同；懬與憰同；嶅與劭同；瓣與慈同；建與健同；汩與冎同；甜與甜同；忸與愗同；晰與𢙣同；征與徎同；杅與揜同。

《釋詁・卷一下》27組

說亦與婗同；姣與《詩》「佼人」之佼同；嫽與僚同；鎌與鐮同；副與福同；

銓與硂同；覘與貼同；瞯與覸同；覩與睞同；昏與眠同；剃與髹同；剔與鬍同；刏與銘同；炁與忥同；嘔與謳同；烽與燧同；瞰與闞同；涼與㱥同；趯與促同；懾與躡同；墊與窒同；潯與洳同；儳與顙同；搣與搣同；邋與攔同；御與谷同；愵與謁同。

《釋詁·卷二上》29 組

惏與婪同；墾與懇同；歎與嘆同；呴與雊同；警與噭同；羨與羨同；燦與燥同；爒與燎同；曠與晲同；暴與曝同；闌亦與讕同；閒與諴同；捭與睥同；愋與暖同；妎與齡同；憋與斃同；悬與惻同；炘者，《玉篇》與焮同；虗與墟同；紿與怠同；象與豫同；浔與唇同；娍與盛同；蘊與薀同；蔑與懱同；雎與疽同；疣與肬同；亂與礼同；顡與脆同。

《釋詁·卷二下》21 組

列與迾同；竇與瞭同；系與係同；懞與憤同；正與征同；鞏與蛩同；遑與惶同；浸與浸同；澀與澁同；釃與麗同；座與矬同；卒與猝同；赳《廣韻》與赳同；匪與菲同；頃與傾同；猷與猶同；慢與謾同；佗與他同；傅與甹同；游與遊同；慌與恍同。

《釋詁·卷三上》39 組

斑與班同；毲與糌同；綵與幖同；麻與黂同；畺與疆同；狐與蚓同；歌與鵃同；悅與說同；蔑與懱同；寘與填同；厲與礪同；礜與礲同；磨與礳同；研與琾同；厎與砥同；庵與諳同；儋與擔同；叡與睿同；厲與礪同；索與索同；蕃與曤同；矗與矔同；佗與託同；鷄與雞同；圖與籌同；環與圜同；坋與坌同；笪與担同；剽與摽同；搰與敆同；撆與擎同；洿與污同；奥與澳同；愜與愜同；頓與鈍同；蹶與蹷同；歹與朽同；泐與敕同；磨與摩同。

《釋詁·卷三下》28 組

峙與跱同；処與處同；按與咹亦同；樊與驂同；夥與粿同；躇與躇同；菆與叢同；敷與傅同；庱與控同；蔥與窗同；靈與橋同；餚與豁同；畺與疆同；頓與鈍同；塞與塞同；虧與虧同；澀與澁同；伺與覗同；攬與擥同；徑與徑同；䢙與遷同；廣與曠同；怔與痊同；仮與疲同；概與槩同；跡與迹同；徹與轍同；踵與踵同。

《釋詁・卷四上》12 組

炳與昺同；朏與朏同；炤與照同；晃與晄同；的與旳同；臧與藏同；世亦與揲同；離亦與摛同；學與斆同；繳與繫同；曶與昒同；害與㝥同。

《釋詁・卷四下》13 組

絻與鞔同；蔑與懱同；奞與帥同；䡝與𪄃同；皃與貌同；累與纍同；弛與弛同；噴與歕同；烼與㷉同；殦與蔫同；瘀與菸同；萎與矮亦同；䐀與䑋同。

《釋言・卷五上》8 組

稍與娋同；搣與撼同；腠與瘦同；捷與捷同；剴與斳同；躂與踕同；穀與㲉同；儷與麗同。

《釋言・卷五下》14 組

劶與刓同；喋與噍同；讞與灡同；踖與蹐同；皃與貌同；違亦與韙同；已與目同；卒與猝同；研與揅同；徲與俾同；麗與邐同；斐與裴同；鄉與鄉同；侂與託同。

《釋訓・卷六上》47 組

瞍與夐同；烈與㤠同；戚與慼同；漸亦與嶄同；雱與霶同；峨與峩同；濛與靀同；翏與飂同；颯與颯同；濃與癑同；曼與漫同；滂亦與霶同；飀與瀏同；混與渾同；摧與慛同；纍與儽同；儆與警同；懇與懇同；㺉與㹸同；豩與翁同；翬與獯同；磯與棧同；葉與偞同；峩與娥同；迸與趙同；躄與躃同；遙與遙同；汨與㬈同；汸與滂同；霈與沛同；夭與妖同；莽與芊同；菽與蓩同；渺與眇同；藐與邈同；昏與惛同；遊與游同；皚與溰同；皠與漼同；㥏與忸同；怹與恑同；謾與慢同；調與啁同；躧與躧同；矍與矍同；忔與氣同；瀼與囊同。

《釋親・卷六下》9 組

倿與妄同；矩與榘同；額與頟同；觜與柴同；厥亦與臀同；臀與臋同；䯂與臀同；骭與肵同；轑與橑同。

《釋宮・卷七上》7 組

困亦與梱同；廦與壁同；墍與墍同；塓與摸同；檿與櫗同；隊與隧同；環與闤同。

《釋器・卷七下》30 組

亢與骯同；伯與陌同；偃與匽同；甖與罌同；甀與瓶同；杅與盂同；敦與

同；梧與杯同；盌與椀同；酲與舭同；籭與籚同；杓與勺同；梜與筴同；戽與
洉同；櫝與匵同；罩與箪同；板與版同；筵與挑同；棓與賠同；總與蘲同；帕
與袙同；衿與領同；管與裙同；智與筲同；落與絡同；輅與筓同；內與枘同；
鈦與軝同；韁與繮同；篳、畢與韠同。

《釋器·卷八上》47 組

胳與觚同；胏與胏同；籛與滫同；餛與聲同；恬與甜同；緹與醍同；醢與盬
同；醰與曋同；灡與瀾同；膘與潎同；朽與歺同；魝與鮎同；嗛與瀫同；酚與
酳同；甒與醴同；翅與翭同；褐與氉同；鏷與鑠同；鈎與刯同；鈴與銘同；鐯
與鐯同；鈍與鑪同；鑒與鈑同；薰與熏同；匷與單同；籓與籗同；箕與菆同；
鞀與茵同；笺與鍼同；建與鞬同；釡與蠱同；郭與廓同；韘與鞢同；槪與橜同；
虡與虞同；扡與扅同；桃與挑同；苣與炬同；梪與豆同；甌與區同；綠與綠同；
蘲與總同；衡與珩同；黕與黗同；檮與檮同；鹵字亦與樀同；距與距同。

《釋樂·卷八下》5 組

韶與磬、招同；護與濩同；鞞與鼙同；濫與藍同；垂與倕同。

《釋天·卷九上》4 組

酸與餕同；醊與餟同；歐與驅同；拒與矩同。

《釋地·卷九下》18 組

阬與沆同；坑與沆同；支與枝同；珪與珠同；珋與瑠同；鷸與鷺同；纑亦
與壚同；漫與稷同；臧與藏同；兆與垗同；開與汧同；磎與谿同；鼎與淵同；
荷與何同；洲與州同；塏與塦同字；阬與坑同；橛與橜同。

《釋草·卷十上》53 組

茈與紫同；萁與薺同；苒與葤同；栒與枸同；茆與卬同；新與辛同；麻與
檿同；漏與扁同；虹腸之虹與紅同；蔘與苓同；隋與隨同；英與蓂同；芫與朮
同；柒與漆同；蔘與參同；蘅與薞同；蘵與藻同；萍與萍同；支與枝同；渠與
蕖同；贛與薚同；菽與尗同；茈與紫同；藷與蕣同；柒與漆同；藟與蘽同；菬
與苕亦同；苕與苕同；蒚與稆同；秆與稈同；鞏與繫同；蘪與蘼同；總與熄同；
荼與茶同；淇與蘪同；側與蒯同；臺與薹同；菰與茈同；紅與紅同；蓼與蓼同；
鴻與葒同；蘦與蘦同；蔓與曼同；椿與若同；萹與檴同；蕉與樵同；檣與檣同；
菽與藜同；柔與杼同；欄與蘭同；支與枝同；权與权同。

《釋蟲・卷十下》29組

札與蚻同；蝨與蛾同；螤與燐同；罔與罓同；餕與食同；蟬與芉同；疣與胘同；螧與蚣同；蟄與蠹同；冐與蜎同；蠡與鱗同；父與蚊同；鶈與茅同；竈與窯同；裙與帬同；雀與鸛同；鳫與鴈同；鶙與澤同；匠與鷗同；石與碢同；觳與觳同；鵠與雅同；鳲與雉同；暉與運同；駢與骿同；焦與鷦同；騢與𬳿同；齡與齡同；侈與哆同。

（二）音近音同而義同者

【一】摭：拓

　　《釋詁・卷一上》「龕……取也」條下云：《說文》：「拓、拾也。」
　　〈禮器〉：「有順而摭也。」正義云：「摭，猶拾取也。」〈少牢下篇〉：
　　「乃摭于魚腊俎。」摭與拓同。

謹案：摭《廣韻》之石切，《說文》云：「摭，拓或从庶。」照母、昔韻開口三等，上古聲母為端母*tj-，古韻分部在鐸部-ĭak，上古音為*tjĭak；在王念孫時鐸部尚未從魚部分出，所以古韻分部在魚部。

拓《廣韻》之石切，《說文》云：「拓，拾也。」照母、昔韻開口三等，上古聲母為端母*tj-，古韻分部在鐸部-ĭak，上古音為*tjĭak；又他各切，透母、鐸韻開口一等，上古聲母為透母*t'-，古韻分部在鐸部-ak，上古音為*t'ak；在王念孫時鐸部尚未從魚部分出，所以古韻分部在魚部。

摭和拓上古音聲韻畢同，在字義方面，由於摭是拓的俗字異體，所以意義也是相同的。

【二】疹：痰

　　《釋詁・卷一上》「欨……病也」條下云：痰者，《說文》：「痰，
　　熱病也。」〈小雅・小弁篇〉：「痰如疾首。」鄭注云：「痰，猶病也。」
　　〈小宛〉釋文引《韓詩》云：「疹、苦也。」〈越語〉云：「疾疹貧
　　病。」疹與痰同。

謹案：疹《廣韻》章忍切：「皮外小起。」照母、軫韻開口三等，上古聲母為端母*tj-，古韻分部在諄部-ĭən，上古音為*tjĭən；王念孫古韻分部為諄部。

痰《廣韻》丑刃切，《說文》云：「痰，熱病也。从火从疒。」徹母、震韻開

口三等，上古聲母為透母*tʻr-，古韻分部在諄部-iən，上古音為*tʻriən；王念孫古韻分部為諄部。

疹與疢上古聲母端母和透母都是舌尖音，且差別只在送氣及不送氣，可列為聲同，在上古韻部方面，兩者韻同。所以本字組屬於聲韻畢同者，在字義方面，疹與疢都是「病」。

【三】疼：痋

> 《釋詁‧卷二上》「惜……痛也」條下云：疼者，《說文》：「痋，動痛也。」《釋名》：「疼，痹氣疼疼然煩也。」〈易通卦驗〉云：「多病疪疼腰痛。」疼與痋同，今俗語言疼聲如騰。《眾經音義》卷十四云：「疼，下里閒音騰。」則唐時已有此音。

謹案：疼《廣韻》徒冬切：「痛也。」定母、冬韻合口一等，上古聲母為定母*dʻ-，古韻分部在冬部-əuŋ，上古音為*dʻəuŋ；在王念孫時冬部尚未從東部分出，所以古韻分部在東部。

痋《廣韻》徒冬切：「動病。」《說文》云：「痋，動病也，从疒蟲省聲。」定母、冬韻合口一等，上古聲母為定母*dʻ-，古韻分部在冬部-əuŋ，上古音為*dʻəuŋ；在王念孫時冬部尚未從東部分出，所以古韻分部在東部。

疼和痋上古音聲韻畢同，在字義方面，兩者都是「病痛」的意思，所以本字組音義皆同。

【四】毻：氋

> 《釋詁‧卷一下》「紓……解也」條下云：氋，亦蛻也。《方言》：「氋，易也。」郭璞注云：「謂解氋也。」《廣韻》：「氋，鳥易毛也。」郭璞〈江賦〉：「產氋積羽。」李善注云：「字書曰：『毻，落毛也。』」毻與氋同。

謹案：毻《廣韻》湯臥切：「落毛。」透母、過韻合口一等，上古聲母為透母*tʻ-，古韻分部在月部-uat，上古音為*tʻuat；月部在王念孫古韻分部中稱為祭部。

氋《廣韻》湯臥切：「鳥易毛也。」透母、過韻合口一等，上古聲母為透母*tʻ-，古韻分部在歌部-uai，上古音為*tʻuai；王念孫古韻分部為歌部。

髦與髶上古聲母相同，在上古韻部方面，歌部和月部有對轉關係。所以本字組屬於聲同韻近者。在字義方面，這兩個字都有「落毛」的意思。

【五】礉：核

《釋器‧卷八上》「骸……骨也」條下云：骨之言礉也。《說文》：「骨，肉之礉也。」礉與核同。

謹案：礉《廣韻》下革切：「實也。」匣母、麥韻開口二等，上古聲母為匣母*ɣ-，古韻分部在藥部-reuk，上古音為*ɣreuk；王念孫古韻分部為宵部。

核《廣韻》下革切，匣母、麥韻開口二等，上古聲母為匣母*ɣ-，古韻分部在之部-rə，上古音為*ɣrə；王念孫古韻分部為之部。

礉與核上古聲母相同，藥部與之部主因之部無韻尾，音可流轉，所以本字組屬於聲同韻近，音近而義同。

【六】謋：捇

《釋詁‧卷二上》「瓴……裂也」條下云：捇者，《說文》：「捇，裂也。」《莊子‧養生主篇》云：「動刀甚微，謋然已解。」謋與捇同。

謹案：謋《廣韻》虎伯切：「謋然。」曉母、陌韻開口二等，上古聲母為曉母*x-，古韻分部在月部-rat，上古音為*xrat；月部在王念孫古韻分部中稱為祭部。

捇《廣韻》呼麥切：「掘土，又裂也。」曉母、麥韻開口二等，上古聲母為曉母*x-，古韻分部在鐸部-rak，上古音為*xrak；在王念孫時鐸部尚未從魚部分出，所以古韻分部在魚部。

謋與捇上古聲母相同，月部與鐸部主要元音相同，但韻尾差距較遠，韻不易流轉，所以本字組屬於聲同而音近。在字義方面，兩者都有「裂」的意思。

除上列的 6 組外，尚有 262 組是在「音近音同而義同」的情形使用「A 與 B 同」的術語，A 與 B 的關係有的是古今字、有的是異體字。今簡列如下：

《釋詁‧卷一上》10 組

款與欵同；逖與邊同；弃與棄同；泝與遡同；款與欵同；拯與抍同；俙與倦同；劬亦與佝同；墮與隓同；㦬與怒同。

《釋詁·卷一下》18 組

媕與嫭同；蹂與内同；趑與趣同；罷與疲同；劵與倦同；逭與䟓同；塌與埄同；撁與拉同；攺與咍同；妒與妬同；婣與婚同；聲與輵同；齎與資同；顅與願同；疹與撚同；蹀與蟄同；痀與傴同；媛與嬽同。

《釋詁·卷二上》7 組

穏、糒與備同；憨與惢同；㭒與權同；譙與誚同；沬與瀕同；劖與劗同；爽與䎉同。

《釋詁·卷二下》18 組

洗與洒同；緣與紃同；幬與幬同；怖與怖同；挹與攦同；饌與籑同；湌與餐同；逕與杳同；潅與灌同；呲與譐同；恔與恔同；䨘與沛同；屈與屈同；陁與陀同；遯與遁同；訑與詑同；躓與躓同；悅亦與慌同。

《釋詁·卷三上》18 組

刻與剤同；拍與搚同；挈與挈同；拜與攦同；螘與蟻同；旽與旼同；晛與睍同；煖與煥同；襚與祝同；贀與儶同；繐與繐同；諦與諟同；溾與溾同；保與寶同；哴與唥同；穊與黐同；鰲與戾同；迺與迺同。

《釋詁·卷三下》9 組

鷙與駤同；叢與叢同；叢與叢同；洒與迺同；齩與齕同；䶩與齳同；罪與辠同；餅與飯同；偵與偵同。

《釋詁·卷四上》9 組

敦與搥同；擲與擿同；悝與詪同；襌與袒同；撇與撇同；訊亦與誶同；踣與仆同；恕與仁同；遲與遲同。

《釋詁·卷四下》11 組

磕與磕同；噴與咈同；颰與颰同；髟與鬏同；㤘與㥜同；拂與弼同；坤與巛同；糅與粈同；烖與災同；衰與熄同；辨、辯與片同。

《釋言·卷五上》8 組

羑與誘同；涔與霪同；隓與墮同；濫與灖同；摺與抽同；捌與扒同；爇與焦同；亯與享同。

《釋言·卷五下》12 組

嬽與媛同；款與款同；抨與拼同；蹙與蹴同；訑與詑同；衒與衒同；瘪與

掣同；嗺與噂同；噎與餲同；搴與攐同；噎與咽同；噬與喝同。

《釋訓・卷六上》12 組

翊與翼同；草與慅同；淋與驟同；訏與詡同；曷與杲同；款與款同；陶亦與滔同；渾與混同；沼與淈同；峭與崢同；倜與俶同；信與伸同。

《釋親・卷六下》7 組

築與妯同；孳與孜同；頷與顄同；臆與臆同；泡與脬同；膴與脢同；胑與脢同。

《釋宮・卷七上》11 組

菴與庵同；窰與窯同；衖與巷同；梮與樐同；墀與墀同；衖與巷同；伯與陌同；犇與奔同；斢與鞋同；圛與圉同；杻與杅同。

《釋器・卷七下》21 組

瓴與罏同；枇與匕同；餅與飯同；篆亦與筥同；漉與盪同；箄與筂同；大與泰同；罧與槮、糝同；縛與絹同；袷與袷同；襂與衫同；涔與潛、僭同；檶與奞同；幎與幭同；襜與帴同；薜與萆同；綯與綯同；繚與纍同；轜與輀同；轆與轆同；棬與桊同。

《釋器・卷八上》23 組

炰與炰同；聚與炒同；糒與糒同；醯與醢同；醰與醯同；蘊亦與蒕同；褚與著同；狄與翟同；獵與獵同；艾與刈同；鐹與划同；綦與綥同；鑪與鋁同；榑與栫同；捌與朳同；弢與韜同；韇與韣同；蹔與蹔同；劀與劂同；釜與鬴同；奭與赩同；鞋與斢同；紂與緇同。

《釋樂・卷八下》3 組

韶與韶同；圉與敔同；無與毋同。

《釋天・卷九上》6 組

皞與昦同；億與億同；饑與飢同；協與叶同；飌與風同；罰與伐同。

《釋地・卷九下》6 組

沱與池同；阤與陀同；坻與渚同；減與洫同；欿與坎同；濤與濤同。

《釋草・卷十上》21 組

蘵與蕺同；菻與蘽同；蔆與蘭同；蹄與蹏同；豘與豚同；蝱與莔同；荃與芩同；萎與莠同；槐與褢同；茜與蒨同；苓與蘦同；蒓與蓴同；蘆與蕳同；藜

與麰同；丰與芥同；藂與叢同；豐與葑同；皺與捧同；穮與稷同；杆與斡同；支與梔同。

《釋蟲‧卷十下》32 組

闇與瘖同；螳與蛾同；蠑與蠐同；蜨與蝶同；蚤與蝨同；蚰與蜓同；蛐與蟯同；鳧與蚨同；鱓與鱏同；虯與蜋同；蟎與虵同；甫與蚊同；螺與蠃同；鰷與鱎同；鴂與雟同；鷚與鷔同；鴨與鼉同；鷓與鶾同；鳫與尸同；鴋與鴉同；載與戴同；過與果同；爵與雀同；蚾與蟻同；帬與豚同；麕與麏同；犍與犗同；牯與羖同；獬與玀同；駮與駁同；量與量同；蜚與飛同。

二、詞與詞相對應

（一）諧聲偏旁相同而音義皆同者

【一】峻峭：陵陗

> 《釋詁‧卷一下》「絅……急也」條下云：陵陗者，《史記‧鼂錯傳》：「錯為人陗直刻深。」集解：「瓚曰：『陗，峻也。』」《鹽鐵論‧周秦篇》云：「趙高以峻文決罪於內，百官以峻法斷割於外。」王褒〈四子講德論〉云：「宰相刻峭，大理峻法。」峻峭與陵陗同。

謹案：峻、陵《廣韻》私閏切：「高也、長也、險也。」心母、稕韻合口三等，上古聲母為心母*s-，古韻分部在諄部-iuən，上古音為*siuən；王念孫古韻分部為諄部。

峭、陗《廣韻》七肖切：「山峻。」《說文》云：「陗，陵也。」清母、笑韻開口三等，上古聲母為清母*ts'-，古韻分部在宵部-iɐu，上古音為*ts'iɐu；王念孫古韻分部為宵部。

峻、陵和峭、陗上古音聲韻畢同，在字義方面，兩者都是形容「山峻」的樣子，所以這兩個詞音義皆同。

【二】央亡：鞅罔

> 《釋訓‧卷六上》「鞅罔，無賴也」條下云：《方言》：「央亡，獪也。江、湘之閒或謂之無賴，凡小兒多詐而獪謂之央亡。」央亡與鞅罔同。

謹案：央《廣韻》於良切，影母、陽韻開口三等，上古聲母為影母*ʔ-，古韻分部在陽部-ɪaŋ，上古音為*ʔɪaŋ；王念孫古韻分部為陽部。

鞅《廣韻》於兩切，影母、養韻開口三等，上古聲母為影母*ʔ-，古韻分部在陽部-ɪaŋ，上古音為*ʔɪaŋ；王念孫古韻分部為陽部。

亡《廣韻》武方切，微母、陽韻合口三等，上古聲母為明母*mj-，古韻分部在陽部-ɪuaŋ，上古音為*mjɪuaŋ；王念孫古韻分部為陽部。

罔《廣韻》文兩切，微母、養韻開口三等，上古聲母為明母*mj-，古韻分部在陽部-ɪaŋ，上古音為*mjɪaŋ；王念孫古韻分部為陽部。

央亡與鞅罔皆為疊韻詞，而央、鞅和亡、罔這兩組字屬於聲韻畢同，在字義方面，央亡與鞅罔都是「無賴」的意思，所以本組音義皆同。

【三】復育：蝮蜟

> 《釋蟲‧卷十下》「蝮蜟，蛻也」條下云：蛻之言脫也。《說文》：「蛻，蛇、蟬所解皮也，秦謂蟬蛻曰蛩。」《眾經音義》卷十三引《字林》云：「蝮蜟，蟬皮也。」《論衡‧無形篇》云：「蠐螬化為復育，轉而為蟬，蟬生兩翼，不類蠐螬。」〈奇怪篇〉云：「夫蟬之生復育也，閭背而出。」〈論死篇〉云：「蟬之未蛻也，為復育；已蛻也，去復育之體，更為蟬之形。」復育與蝮蜟同。

謹案：復《廣韻》扶富切：「又也、返也、往來也、安也。」奉母、宥韻開口三等，上古聲母為並母*bʻj-，古韻分部在覺部-ɪəuk，上古音為*bʻjɪəuk；又房六切，奉母、屋韻開口三等，上古聲母為並母*bʻj-，古韻分部在覺部-ɪəuk，上古音為*bʻjɪəuk；王念孫時覺部尚未從幽部分出，所以古韻分部在幽部。

蝮《廣韻》芳福切：「蝮蛇。」敷母、屋韻開口三等，上古聲母為滂母*pʻj-，古韻分部在覺部-ɪəuk，上古音為*pʻjɪəuk；王念孫時覺部尚未從幽部分出，所以古韻分部在幽部。

育、蜟《廣韻》余六切，喻母、屋韻開口三等，上古聲母擬為*r-，古韻分部在覺部-ɪəuk，上古音為*rɪəuk；王念孫時覺部尚未從幽部分出，所以古韻分部在幽部。

復育與蝮蜟皆為疊韻詞，復和蝮只有聲母上送氣不送氣的差別，而育和蜟這組字屬於聲韻畢同，在字義方面，兩者都是蟬未脫殼前的名稱，所以這兩個

詞音義皆同。

除上列的 3 組外，尚有 34 個詞是在「諧聲偏旁相同而音義皆同」的情形使用「A 與 B 同」的術語，今簡列如下：

《釋詁·卷二上》1 組

紗麼與幺麼同。

《釋詁·卷二下》1 組

怔忪與征伀同。

《釋詁·卷三上》1 組

照記與昭誋同。

《釋詁·卷三下》1 組

警趨與儆趯同。

《釋詁·卷四上》1 組

照曠與昭曠同。

《釋詁·卷四下》1 組

礦尐與懬截同。

《釋言·卷五下》1 組

堂距與橖距同。

《釋訓·卷六上》3 組

淖淖與罩罩同；嚅嚅與惽惽同；堤封與提封同。

《釋親·卷六下》1 組

緊倪與嬰婗同。

《釋宮·卷七上》3 組

令辟與瓴甓同；令適與瓴甋同；墦瑚與瓬瓳同。

《釋器·卷七下》5 組

委兒與委貌同；帗膝與蔽厀同；跋蹻與屐屬同；疏比與梳枇同；轥轆與麻鹿同。

《釋器·卷八上》4 組

筊簵與凵盧同；終葵與柊楑同；筥簺與桮雙同；鉤腸與拘腸同。

《釋樂‧卷八下》1組

莖英與韺韽同。

《釋草‧卷十上》10組

阿難與猗儺同；扰薆與茇挈同；箹藭與鉤端同；芨苦與茇萪同；瓟瓝與括
樓同；糲糒與糲蓍同；溫屯與瓟瓝同；栟櫚與并閭同；務求與蠑蚑同；鸜鴟與
辟雌同。

（二）音近音同而義同者

【一】陶陶：蹈蹈

　　《釋訓‧卷六上》「眐眐……行也」條下云：〈鄭風‧清人篇〉：
　　「四介陶陶。」毛傳云：「陶陶，驅馳之貌。」釋文音徒報反。陶陶
　　與蹈蹈同。

謹案：陶《廣韻》餘昭切，喻母、宵韻開口三等，上古聲母擬音為*r-，古
韻分部在幽部-ǐəu，上古音為*rǐəu；又徒刀切，定母、豪韻開口一等，上古聲母
為定母*dʻ-，古韻分部在幽部-ue，上古音為*dʻəu；王念孫古韻分部為幽部。

蹈《廣韻》徒到切：「踐也。」定母、號韻開口一等，上古聲母為為定母*dʻ-，
古韻分部在幽部-əu，上古音為*dʻəu；王念孫古韻分部為幽部。

陶陶和蹈蹈為雙聲疊韻詞，而陶和蹈也是聲韻畢同，在字義方面，兩者都
是形容「驅馳」的樣子，所以本字組音義皆同。

【二】毋估：無姑

　　《釋木‧卷十上》「山榆，毋估也」條下云：毋估與無姑同。《爾
　　雅》云：「無姑，其實夷。」郭注云：「無姑，姑榆也，生山中，葉
　　圓而厚剝取皮合漬之，其味辛香，所謂蕪荑。」毋又作无。

謹案：毋《廣韻》武夫切：「止之辭。」微母、虞韻合口三等，上古聲母為
明母*mj-，古韻分部在魚部-ǐua，上古音為*mjǐua；王念孫古韻分部在魚部。

估《廣韻》公戶切：「市稅。」見母、姥韻合口一等，上古聲母為見母*k-，
古韻分部在魚部-ua，上古音為*kua；王念孫古韻分部在魚部。

無《廣韻》武夫切：「有無也。」《說文》云：「無，亡也。」段注云：「其轉
語則《水經注》云：『燕人謂無為毛。』楊子以曼為無，今人謂無有為沒有，皆

是也。」微母、虞韻合口三等,上古聲母為明母*mj-,古韻分部在魚部-ịua,上古音為*mjịua;王念孫古韻分部在魚部。

姑《廣韻》古胡切:「舅姑,又父之姊妹也。」《說文》云:「姑,夫母也。」見母、模韻合口一等,上古聲母為見母*k-,古韻分部在魚部-ua,上古音為*kua;王念孫古韻分部在魚部。

毋佸與無姑均為疊韻詞,毋、無和佸、姑上古音聲韻畢同,在字義方面,兩者都是植物名,所以這兩個詞音義皆同。

【三】吾科:吳魁

> 《釋器·卷八上》「吳魁……盾也」條下云:《楚辭·九歌》:「操吳戈兮被犀甲。」王逸注云:「或曰操吾科。吾科,楯之名也。」吾科與吳魁同。

謹案:吾《廣韻》五乎切:「我也。」疑母、模韻合口一等,上古聲母為疑母*ŋ-,古韻分部在魚部-ua,上古音為*ŋua;又五加切,疑母、麻韻開口二等,上古聲母為疑母*ŋ-,古韻分部在魚部-ra,上古音為*ŋra;王念孫古韻分部在魚部。

科《廣韻》苦禾切:「程也、條也、本也、品也。又科,斷也。」溪母、戈韻合口一等,上古聲母為溪母*k'-,古韻分部在侯部-uau,上古音為*k'uau;又苦臥切,溪母、過韻合口一等,上古聲母為溪母*k'-,古韻分部在侯部-uau,上古音為*k'uau;王念孫古韻分部在侯部。

吳《廣韻》五乎切,疑母、模韻合口一等,上古聲母為疑母*ŋ-,古韻分部在魚部-ua,上古音為*ŋua;王念孫古韻分部在魚部。

魁《廣韻》苦回切:「魁師,一曰北斗星。」溪母、灰韻合口一等,上古聲母為溪母*k'-,古韻分部在侯部-uau,上古音為*k'uau;王念孫古韻分部在侯部。

吾、吳和科;魁都是聲韻畢同,在字義上吾科和吳魁都是吳戈,所以這兩個詞音義皆同。

【四】倚佯:倚陽

> 《釋器·卷八上》「佯籚……符籚也」條下云:《方言》:「符籚,自關而東,周、洛、楚、魏之閒謂之倚佯。自關而西謂之符籚。南

楚之外謂之籚。」郭注云：「似籧篨，直文而粗，江東呼笘。」倚佯與倚陽同。

謹案：倚《廣韻》於綺切：「依倚也。」影母、紙韻開口三等，上古聲母為影母*ʔ-，古韻分部在歌部-iai，上古音為*ʔiai；又於義切，影母、寘韻開口三等，上古聲母為影母*ʔ-，古韻分部在歌部-iai，上古音為*ʔiai；王念孫古韻分部為歌部。

佯《廣韻》與章切：「詐也。」喻母、陽韻開口三等，上古聲母擬音為*r-，古韻分部在陽部-iaŋ，上古音為*riaŋ；王念孫古韻分部為陽部。

陽《廣韻》於良切，影母、陽韻開口三等，上古聲母為影母*ʔ-，古韻分部在陽部-iaŋ，上古音為*ʔiaŋ；王念孫古韻分部為陽部。

倚陽是雙聲詞，而倚佯屬旁紐雙聲詞，佯與陽聲近韻同，在字義方面，兩者都是動物名稱，所以這兩個詞為音近義同者。

除上列的 4 組外，尚有 28 個詞是在「音近音同而義同」的情形使用「A 與 B 同」的術語，今簡列如下：

《釋詁‧卷一下》3 組

掉撨與掉捎同；衝俶與衕俅同；瘯蠡與族累同。

《釋詁‧卷三上》1 組

跨踔與跰踔同。

《釋詁‧卷三下》1 組

蔪狩與憋獸同。

《釋言‧卷五下》1 組

刿施與邐迤同。

《釋訓‧卷六上》10 組

忽忽與㖞㖞同；淘淘與滔滔同；蕩蕩與漾漾同；荓荓與勃勃同；淖淖與罩罩同；巉巇與嶄巖同；紺縕與烟熅同；掉捎與掉撨同；戚施與規覝同；蹣跚與盤姍同。

《釋器‧卷七下》1 組

瘯蠡與族累同。

《釋器・卷八上》1 組

脾肶與脾胵同。

《釋樂・卷八下》1 組

縣圃與元圃同。

《釋水・卷九下》1 組

叔舫與艖舮同。

《釋草・卷十上》5 組

箘露與箘簵同；因塵與茵蔯同；即子與荊子同；菖蒩與蕁苴同；蓸目與薏
苡同。

《釋木・卷十上》1 組

爵某與雀梅同。

《釋蟲・卷十下》2 組

蜈蝶與蒂螃同，雔渠與鷝鴂同。

第四節　結語

　　有關王念孫《廣雅疏證》的術語「同」，朱國理先生曾在《殷都學刊》寫
過一篇〈《廣雅疏證》的「同」〉，其中討論到「同」的涵義時曾下了一個結論
說：

> 　　它除可能指同源詞外，還可能指通假字、異體字、聯綿詞或名
> 物詞的不同書寫形式等。以今人的眼光看，只能說它指的是一個含
> 義比較籠統的概念。要給出它的確定所指，單純根據語言表述無法
> 做到，只能抱著老老實實的態度，從字面意思切入，具體問題具體
> 分析。但在《疏證》中，「同」已經有專表異體字的發展趨向，表示
> 異體字的比例明顯高於其它各類。〔註13〕

　　從本章對「A、B 並同」和「A 與 B 同」的分析來看，「表示異體字的比例
明顯高於其它各類」這一點的確是值得注意的。

　　所謂的「異體字」包括了古今字、俗字、變體等，因為要詮釋這些異體字，

〔註13〕參見朱國理先生〈《廣雅疏證》的「同」〉一文第 90 頁。

所以「同」這個術語雖然音義都有論及，但事實上是比較偏重在「義」這方面，這和前兩章所言的術語「轉」和「通」是很大的區別。

而且從術語「同」的字組中也可以觀察到：有許多異體字並不見於《說文》及《廣韻》，而僅出現於《集韻》的字組中，可見《集韻》是王念孫使用「同」連結字組時很重要的根據。

另外，「同」的術語字組中有不少諧聲字，像「A 與 B 同」術語共計有個802 個字詞，其中因諧聲偏旁相同而音義皆同的字詞就有 502 組，佔總數的62.59％，可見諧聲字偏旁也是王念孫在「因聲求義」的過程中很倚重的一條線索了。

第六章　王念孫《廣雅疏證》
訓詁術語的評析

　　清人陳澧《東塾讀書記・小學篇》中說：「蓋時有古今，猶地之有東西、南北，相隔遠則言語不通矣。地遠則有翻譯，時遠則有訓詁。有翻譯則能使別國如鄉鄰，有訓詁則能使古今如旦暮，所謂通之也。訓詁之功大矣！」〔註1〕因此，訓詁對於現今解讀古籍可說是有極大的貢獻。

　　《廣雅》一書原來是用以「廣《爾雅》」的，它是一本解釋字詞的工具書。張揖在〈上廣雅表〉中說：

　　　　夫《爾雅》之為書也，文約而義固。……臣揖體質蒙蔽，學識詞頑，言無足取。竊以所識，擇撢群藝，文同義異，音轉失讀，八方殊語，庶物易名，不在《爾雅》者，詳錄品覈，以著于篇，凡萬八千一百五十文，分為上中下。〔註2〕

　　王念孫撰《廣雅疏證》，不但突顯了《廣雅》的精神，對協助後人閱讀古籍有極大的功效，而且還積極發揚「因聲求義」的方法，讓許多因為音轉失讀的字義，都能再求得它的根源。以下乃就《廣雅疏證》的特色、優缺及貢獻進行評析。

〔註1〕參見陳澧《東塾讀書記》卷十一。
〔註2〕參見《廣雅疏證》前的張揖〈上廣雅表〉。

第一節　王念孫《廣雅疏證》訓詁術語的特色

有關王念孫《廣雅疏證》的特色，個人將它歸納為下列幾點：

一、跳脫字形的束縛，而從字音的根源上去尋查字義

漢儒解經多為義訓，鮮少注意到字音的問題。雖然揚雄撰《方言》時，曾注意到各地方言間語音流轉的問題，其後也有不少人發現了古今音變的現象，但是由於當時生活背景的關係，這些新發現並沒有引來太多的關注。所以一直到了清朝，聲韻學的發展有了一定的程度，加上社會的流行與上位者的鼓舞，才使考據學得以興盛，儒者們開始審思中國文字形、音、義三者的關連性。

王念孫受到了戴震的影響，將大量的聲訓的術語使用在《廣雅疏證》中，從前面三章重點術語的討論中可知，像揚雄《方言》中只出現六次的「轉」，王念孫光是「一聲之轉」就用了 137 組，「聲之轉」也用了 35 組，還有「轉聲」則用了 34 組，總計使用了 206 組的「轉」術語。而「通」與「同」兩個術語，雖然不是王念孫獨創的，但是王念孫「通」就用了 713 組，而「同」的術語更是高達 959 個。《廣雅疏證》中音訓的比例可說是極高的，也是漢朝以來疏證的經典所沒有的狀況。

二、善用自己聲韻學等淵博的知識以追本溯源

從王氏父子留下的一些墨寶文集中可知：王念孫《廣雅疏證》的成功絕對不是偶然的。王念孫非常勤學，尤其對聲韻的研討更是念茲在茲，與朋友間的魚雁往返許多都是討論有關聲韻的，而且還能在深入瞭解聲韻學後，將它精確地運用在訓詁考證上。

以第三章的重點術語「一聲之轉」為例，在「一聲之轉」中符合聲同聲近條件的就有 147 組，不符條件的只有 1 組，而且在聲近的 33 組裡，還是以當時尚未確立分輕重的脣音，以及舌音為主，如果扣除這一部分的聲近字組，則王念孫在疏證《廣雅》時，術語的使用可說是很嚴謹的。

三、能發揮實證的精神，逐一探索事物的原貌

對於《廣雅疏證》中某些能夠實證的事物，王念孫會自己去嘗試，以瞭解事物的原貌，在詮釋時才不會離譜或流於想像。所以當王引之試著書寫《廣雅

疏證》卷十的草木蟲魚時，王念孫也要王引之在家中種植草木、豢養動物，並仔細觀察牠們的動態，以便比對前人及古籍中的闡述是否正確。這種實證的精神發揮在撰寫《廣雅疏證》上，自然可以讓王念孫的考據更加合理可信。對於眾說紛紜的各家解釋，也能有自己的定見，不僅只做到集解的工作而已。

四、不局限於《說文》的故訓及六書本義的範圍

東漢許慎著《說文解字》，並分析字形的結構以見造字的本義。其後訓詁的儒者往往言必稱《說文》。然而王念孫《廣雅疏證》強調了音訓的重要性，藉由字與字之間的聲音關係，來得到字義引申或通假後所代表的確實意義。例如：「一聲之轉」中的「就」與「集」，《說文》云：「集，群鳥在木上。」《說文》云：「高也，從京尤，尤異於凡也。」若依《說文》本義來看，「就」有成就之意，但「集」就沒有了。所以必須看「集」的通假義，才有《廣韻》所言「聚也、會也、就也、成也、安也、同也、眾也。」等諸多意思。有關這一點特色，段玉裁《說文解字注》也表現非凡，但是這樣的突破，就當時嚴守故訓的環境而言，已是一大創舉。

對於王念孫《廣雅疏證》的特色除了上述四點以外，林尹先生在《訓詁學概論》中認為應可分為六項來討論〔註3〕：

> 一、考究古音，以求古義。　古音不同於今音，古義不同於今義，於古義之散佚不傳者，則就古音以求之。疏中言某與某古音義相同者甚多。……

> 二、引申觸類，不限形體。　訓詁之旨，本於聲音，故原聲以求義，有聲同義同者。……有聲近義同者。……又有字異而義同者。……有字亦或作者。……

> 三、只求語根，不言本字。　王氏雖用《說文》，然並不為本字本義所拘。……

> 四、申明轉語，比類旁通。　王氏推明轉語，並不只空言一聲之轉，便算了事，多能旁推互證，申明其音轉之理。有語義相因相近者，其音轉之方多比之而同。……有事雖不同，而聲之相轉可比

〔註3〕以下引文節錄自林尹先生《訓詁學概要》第309～311頁。

之而同者。……

　　五、張君誤采，博考證失。　張楫纂集群書而作《廣雅》以一人
之力，采萬卷之富，當然難免互有得失，疏之者自不必為之傅會，
牽強證明。……

　　六、先儒誤說，參酌明非。　為《廣雅》作疏，目的不僅在使
《廣雅》之義明，而且還在使群經之義皆因之而明，此所以《讀書
雜志》及《經義述聞》中多引《廣雅》為據以改正舊注，序所謂「周
秦兩漢古義之存者，可據以證其得失；其散逸不傳者，可藉以闚其
端緒」是也。……

　　其中「考究古音，以求古義」、「引申觸類，不限形體」和「申明轉語，比
類旁通」三項皆闡明王念孫「因聲求義」的特色，亦即從字組間的聲韻關係
來訓詁釋義。今考索《廣雅疏證》分類的訓詁術語中，確實也有不少術語是
突顯這些項目的。以下乃就「因聲求義」的三項特色配合訓詁術語來詳加說
明：

一、考究古音，以求古義

　　在王念孫《廣雅疏證》中，用以考古字、探古音、求古義的術語很多，如
考古字的有「古文作某」、「即古某字」；考古音古義的有「A 與 B 古亦通用」、
「A、B 古同聲而通用」、「A、B 古並同聲」、「古音正同耳」、「A 與 B 古同聲」、
「古者 A、B 同聲」、「A、B 古聲相近」、「AB」、「某是古之遺語也」、「古謂某
為某」、「古通用」等。例如：

　　《釋詁・卷二下》「譇……吃也」條下云：譇、極、軋、諁者，
　　《方言》：「譇、極，吃也，楚語也。或謂之軋，或謂之諁。」〈蹇・
　　象傳〉云：「蹇，難也。」《說文》：「吃，言蹇難也。」《眾經音
　　義》卷一引《通俗文》云：「言不通利謂之謇吃。」《列子・力命篇》：
　　「譇恆凌誶。」張湛注云：「譇恆，訥澀之貌。」譇、讓、謇、蹇古
　　通用，極、恆古通用，澀與諁同。

　　謹案：在這一則注疏中，王念孫列舉了《方言》、《易傳》、《說文》及《眾
經音義》中的釋文，來說明譇、讓、謇、蹇古通用，並用《方言》和《列子》來

證明極與恆古通用。

> 《釋宮・卷七上》「窗、牖，闢也」條下云：《說文》：「在牆曰牖；
> 在屋曰囱。」 古文作 囧 ，或作窗，又云：「窻，通孔也。」《釋名》
> 云：「窗，聰也。於內窺外，為之聰明也。」 聰與窗古同聲而通用 。
> 《大戴禮・盛德篇》云：「明堂凡九室，一室而有四戶八聰。」

謹案：在這一則注疏中，王念孫不但考證了囱的古文異體，同時引《釋名》來說明聰與窗同聲通用的情形。知道聰與窗同聲通用的情形，就能瞭解《大戴禮・盛德篇》中「八聰」的意思了。

二、引申觸類，不限形體

由於王念孫在〈廣雅疏證敘〉中強調「竊以詁訓之旨本於聲音，故有聲同字異、聲近義同。」所以他能夠突破古人依形釋義的局限，觸類旁通。在《廣雅疏證》中有關這類的術語非常多，舉凡「轉」、「通」、「同」、「作」等術語裡都擁有「引申觸類，不限形體」的精神。例如：

（一）一聲之轉

> 《釋詁・卷一上》「龕……取也」條下云：〈齊語〉：「犧牲不略，
> 則牛羊遂。」《管子・小匡篇》作「犧牲不勞，則牛羊直。」 勞、略
> 一聲之轉 ，皆謂奪取也。尹知章注云：「過用謂之勞。」失之。

謹案：勞《廣韻》魯刀切：「倦也、勤也、病也。」《說文》云：「勞，劇也，從力熒省，焱火燒冖，用力者勞。」來母、豪韻開口一等，上古聲母為來母*l-，古韻分部在宵部-ɐu，上古音為*lɐu；又郎到切：「勞慰。」來母、號韻開口一等，上古聲母為來母*l-，古韻分部在宵部-ɐu，上古音為*lɐu；又郎刀切，來母、豪韻開口一等，上古聲母為來母*l-，古韻分部在宵部-ɐu，上古音為*lɐu；王念孫古韻分部在宵部。

略《廣韻》離灼切：「簡略、謀略，又求也、法也、要也。」《說文》云：「經略土地也，從田各聲。」來母、藥韻開口三等，上古聲母為來母*l-，古韻分部在鐸部-ɪak，上古音為*lɪak；王念孫時鐸部尚未從魚部分出，所以古韻分部在魚部。

「勞」與「略」上古聲母同為來母*l-，雙聲而轉。王念孫透過兩者聲同的

音韻關係，追溯到在《管子·小匡篇》中的「勞」並非原本「過用」的意思，而是與〈齊語〉中的「略」同意，並以此證明尹知章注的錯誤，這便是「因聲求義」的功效，若侷於形體，便無法得知「勞」與「略」之間的關聯。

（二）A 與 B 古字通

《釋器·卷七下》「佩紟謂之裎」條下云：《說文》：「綎，系綬也。」綎與裎古字通。《離騷》斑玉字作珵，是其例也。

謹案：綎《廣韻》《廣韻》特丁切：「綬也。」《說文》云：「綎，系綬也。」定母、青韻開口四等，上古聲母為定母*d'-，古韻分部在耕部-ieŋ，上古音為*d'ieŋ；又他丁切，透母、青韻開口四等，上古聲母為透母*t'-，古韻分部在耕部-ieŋ，上古音為*t'ieŋ。王念孫古韻分部在耕部。

裎《廣韻》直貞切：「佩帶。」《說文》云：「裎，但也。」段注云：「但，各本作袒。」澄母、清韻開口三等，上古聲母為定母*d'r-，古韻分部在耕部-ieŋ，上古音為*d'rieŋ；又恥領切、丑郢切，徹母、靜韻開口三等，上古聲母為透母*t'r-，古韻分部在耕部-ieŋ，上古音為*t'rieŋ。王念孫古韻分部在耕部。

「綎」與「裎」屬聲韻畢同，在《說文》時兩者在字義上並無關聯，王念孫透過兩者聲韻畢同的音韻關係，求得其古字相通，並找到《離騷》以佐證「呈」與「廷」這兩個諧聲偏旁，古字中常通用。

（三）字異而義同

《釋詁·卷一下》「媮……褕也」條下云：媮者，《說文》：「媮，薄也。」〈周官·大司徒〉云：「以俗教安，則民不媮。」《論語·泰伯篇》作偷。襄三十年《左傳》：「晉未可媮也。」並字異而義同。

謹案：媮《廣韻》羊朱切：「靡也，又音偷。」愉和媮同反切；又託侯切：「薄也。又巧黠也。」偷和媮同音。三者上古聲母同類相近，古音亦盡歸侯部。

今查段注《說文》云：「媮，巧黠也。从女俞聲。」注云：「按偷盜字當作此媮。」又《說文》云：「愉，薄也。从心俞聲。」段注云：「此『薄也』當作『薄樂也』，轉寫奪樂字，謂淺薄之樂也。引申之凡薄皆云愉。〈唐風〉：『他人是愉。』傳曰：『愉，樂也。』《禮記》曰：『有和氣者必有愉色。』此愉之本義也。毛不言薄者，重樂不重薄也。〈鹿鳴〉：『視民不恌。』傳曰：『恌，愉

也。」許書人部作『佻，愉也』，《周禮》：『以俗教安，則民不愉。』鄭注：『愉謂朝不謀夕。』此引申之義也。淺人分別之，別製偷字從人訓為偷薄、訓為苟且、訓為偷盜，絕非古字許書所無。然自〈山有樞〉鄭箋云：『愉讀曰偷，偷取也。』則不可謂其字不古矣。」〔註4〕

偷雖為後起之字，但東漢時應已出現。《論語‧泰伯篇》子曰：「故舊不遺，則民不偷。」邢昺正義云：「偷，薄也。言君能厚於親屬，則民化之起為仁，行相親友也。君不遺忘其故舊，故民德歸厚不偷薄也。」〔註5〕愉、偷、媮三者字形相異、聲韻相近，而均為薄意。

（四）字亦作

> 《釋詁‧卷一下》「矋……驚也」條下云：寱者，《說文》：「寱，瞑言也。」亦作囈。《列子‧周穆王篇》：「眠中啽囈呻呼。」謂夢中驚語也。

謹案：「寱」與「囈」在形體上相差甚遠，《說文》云：「寱，瞑言也。」段注云：「俗作囈。」所以兩者音義均同。依形釋義，則不知其同。

三、只求語根，不求本字

王念孫在注疏時，常不拘泥於本字本義，而運用因聲求義的方式尋求語根，使訓釋能得到真解。胡繼明先生在《《廣雅疏證》同源詞研究》的提要上說：

> 王念孫在「訓詁之旨，本於聲音」這個總理論的指導下，創立了「就古音以求古義，引伸觸類，不限形體」的訓詁方法，即「因聲求義」法。王氏運用這一訓詁方法，從「聲近義同」現象入手，緊緊抓住「命名之義」，「引伸觸類，不限形體」，「類聚群分，同條共貫」，研究和繫聯同源詞，取得了很大的成就。〔註6〕

胡先生並從《廣雅疏證》中整理出 376 組同源詞，進行追根溯源的研究。可見「只求語根，不求本字」確為王念孫《廣雅疏證》中的一大特色。

〔註4〕參見段注《說文解字》「愉」字下注，第 513 頁。
〔註5〕參見邢昺疏《十三經注疏‧論語正義》第 70 頁。
〔註6〕參見胡繼明先生《《廣雅疏證》同源詞研究》第 1 頁。

四、申明轉語，比類旁通

申明轉語是王念孫《廣雅疏證》中用力極深的部分，因此在本論文中亦另闢一章探討「轉」這個術語，當然申明轉語的不僅只有「轉」這個術語，但「轉」這個術語卻可謂集其大成。由於音轉的主要條件在於字的聲韻，而非字形或字義，所以在聲韻畢同或相近的原則下，在字義方面有語義相因相近而轉的、有本義不同但因轉而同的，如果不能跨越字形、字義的樊籬，那麼就無法瞭解古籍中的真義。例如：

（一）語義相因相近而轉

　　《釋詁·卷三上》「絓……獨也」條下云：孤、寡、絫者，《孟子·梁惠王篇》：「老而無妻曰鰥，老而無夫曰寡，老而無子曰獨，幼而無父曰孤。」襄二十七年《左傳》：「齊崔杼生成及彊而寡。」則無妻亦謂之寡。鰥、寡、孤，一聲之轉，皆與獨同義，因事而異名耳。

謹案：鰥《廣韻》古頑切：「鰥寡，鄭氏云：『六十無妻曰鰥，五十無夫曰寡。』又魚名。」《說文》云：「鰥魚也。」見母、山韻合口二等，上古聲母為見母*k-，古韻分部在諄部-ruən，上古音為*kruən；又古幻切，見母、襉韻合口二等，上古聲母為見母*k-，古韻分部在諄部-ruən，上古音為*kruən；王念孫古韻分部在諄部。

寡《廣韻》古瓦切：「鰥寡。」《說文》云：「寡，少也。从宀頒。頒，分也。宀分，故為少也。」見母、馬韻合口二等，上古聲母為見母*k-，古韻分部在魚部-rua，上古音為*krua；王念孫古韻分部在魚部。

孤《廣韻》古胡切：「孤子。」《說文》云：「孤，無父也。」見母、模韻合口一等，上古聲母為見母*k-，古韻分部在魚部-ua，上古音為*kua；王念孫古韻分部在魚部。

「孤」與「寡」為同音，但此二字與「鰥」僅上古聲母同為見母*k-，至於上古韻部主要元音不同且韻尾亦不同，沒有相轉的條件。所以「鰥」、「寡」、「孤」屬聲同韻遠而轉。在字義方面，三者都有「孤獨」的涵義，此乃因語義相因相近而轉的字組。

（二）本義不同因相轉而同

　　《釋詁·卷三上》「担……擊也」條下云：《文選·洞簫賦》：「聯

緣漂擊。」李善注云：「漂擊，餘響發騰相擊之貌。」漂、擊一聲之轉，故擊謂之摽，亦謂之擊，水中擊絮謂之潎，亦謂之漂矣。

謹案：漂《廣韻》撫招切，《說文》云：「浮也。」敷母、宵韻開口三等，上古聲母為滂母*p'j-，古韻分部在宵部-ieu，上古音為*p'jieu；又匹妙切：「水中打絮，韓信寄食於漂母。」滂母、笑韻開口三等，上古聲母為滂母*p'-，古韻分部在宵部-ieu，上古音為*p'ieu；王念孫古韻分部在宵部。

擊《廣韻》普蔑切：「小擊，又略也、引也，亦作撇。」《說文》云：「飾也，从手敝聲，一曰擊也。」滂母、屑韻開口四等，上古聲母為滂母*p'-，古韻分部在月部-iat，上古音為*p'iat；月部在王念孫古韻分部中稱為祭部。

「漂」與「擊」上古聲母均為滂母*p'-，雙聲而轉，所以本組應屬聲同韻遠而轉。另外，「漂」的本義為浮，並無「擊」的意思，但在《文選‧洞簫賦》中，「漂擊」成為同義詞，因此兩者都有「擊」意。

五、張君誤采，博考證失

《廣雅疏證》也校正了許多《廣雅》中的錯誤，其中包括訓解訛誤的辨正、內容錯字的校訂、版本脫誤的勘正等。例如：

　　《釋詁‧卷一下》「紓……解也」條下云：《廣雅》摯訓為解，當音充世反，曹憲音貞二反，又音至，皆失之也。《集韻》、《類篇》摯音至，引《說文》「握，持也」，又「陟利切」；引《廣雅》「解也」，又「尺制切」，與掣同。是直不辨摯、摯之為二字矣。考《玉篇》摯從執，音至；摯從埶，音充世切，與掣同，今據以辨正。《方言》注云：「蔵音展，蔵亦展也。」

　　《釋魚‧卷十下》「有鱗曰蛟龍……敷和其光」條下云：《楚辭‧天問》：「河海應龍。」王逸注云：「有鱗曰蛟龍，有翼曰應龍。」案：蛟為龍屬，不得即謂之龍，古書言蛟、龍皆為二物，無稱蛟為蛟龍者，且龍皆有鱗而云「有鱗曰蛟龍」，非確訓也。

此即為張君訓解訛誤的辨正。而內容錯字的校訂也不少，如：

　　《釋言‧卷五下》「煨，火也」條下云：煨，曹憲音隈。案：卷四云：「煨，熅也。」然則煨者，以火溫物，不得直訓為火，煨當

為煤字之誤也。《方言》:「煤,火也。楚轉語也,猶齊言火焜也。」
郭璞汪:「煤,呼隈反。」《玉篇》、《廣韻》及〈汝墳〉《釋文》並同。

而版本脫誤的勘正如下:

《釋器・卷七下》「幭……幞也」條下云:《廣韻》引《通俗文》
云:「帛三幅曰帊。帊,衣襆也。」《玉篇》:「帗,巾也。」各本幞下
脫也字,遂與下條相連。《集韻》、《類篇》幭、帊、襆、帗四字注竝
引《廣雅》:「帳也。」則宋時《廣雅》本已脫也字。《眾經音義》卷
十八、二十一竝引《廣雅》:「帊,幞也。」今據以訂正。

六、先儒誤說,參酌明非

對於前人訓解的錯誤,王念孫也會廣博引證來判定是非。例如:

《釋詁・卷二上》「　……飾也」條下云:襐者,〈釋言〉云:
「裝,襐也。」《說文》:「襐,飾也。」《玉篇》似文切,云:「首飾
也。」《急就篇》:「襐、飾、刻、畫、無、等、雙。」顏師古注云:
「襐飾,盛服飾也。」《漢書・外戚傳》:「襐飾。」顏注云:「盛飾
也,一曰首飾,在兩耳後,刻鏤而為之。」惠氏定宇《毛詩古義》
云:「象服是宜。」傳云:「象服,尊者所以為飾。」象與襐同。正
義以為象骨飾服,失之。

《釋詁・卷三上》「約……束也」條下云:縛者,〈周官・羽人〉:
「十羽為審,百羽無摶,十摶為縛。」鄭注云:「審、摶、縛,羽
數束名也。《爾雅》曰:『一羽謂之箴,十羽謂之縛,百羽謂之緷。』
其名音相近也。一羽則有名,蓋失之矣。」孫炎注《爾雅》與鄭意
同。此是記束羽之數,故一羽不得有名,而郭璞乃云:「凡物數無
不從一為始。《爾雅》不失,〈周官〉未為得。」失其義矣。

有時也考訂錯誤故訓的由來:

《釋鳥・卷十下》「戴鵀……戴勝也」條下云:《毛詩義疏》辨之
云:「鳲鳩,一名擊穀。案:戴勝自生穴中,不巢生,而《方言》
云『戴勝』,非也。」郭璞《方言》注亦云:「按:《爾雅》『鳲鳩』
即布穀,非戴勝也。」又云:「按:《爾雅》說『戴鵟』下,『鵟鵋』

自別一鳥名，《方言》似依此義，又失之也。」然則《爾雅》之鳾鳩、
鵲鴼、鷢、澤虞，《方言》皆誤以為戴勝矣，此云：「澤虞、尸鳩，
戴勝也。」亦沿《方言》之誤。

對於無法判定孰是孰非的，他也會引證後說明「未知孰是」。例如：

> 《釋詁・卷四下》「舂……舂也」條下云：䵣者，桓二年《左傳》：
> 「粢食不鑿。」杜預注云：「不精鑿。」《楚辭・九章》云：「䵣申椒
> 以為糧。」䵣與鑿通。《說文》：「䵅，米一斛舂為九斗曰䵣。」粺，
> 毇也，毇，䵅米一斛舂為八斗也。䵅或作糲。〈大雅・召旻〉箋云：
> 「米之率，糲十、粺九、鑿八、侍御七。」所稱粺䵣之率，與《說文》
> 互異，未知孰是。

第二節　王念孫《廣雅疏證》訓詁術語的貢獻

一、對右文說的承繼與發揚

宋代王聖美曾作《字解》，今已不傳，而他的「右文說」現僅見於沈括《夢
溪筆談》卷十四：

> 王聖美治字學，演其義以為右文，古之字書皆從左文，凡字其
> 類在左，其義在右。如木類其左皆從木，所謂右文者，如：「戔、小
> 也。」水之小者曰淺；金之小者曰錢；歹而小者曰殘；貝之小者曰
> 賤。如此之類，皆以戔為義也。[註7]

後來張世南在《游宦記聞》卷九中，也提出與「右文說」相類的看法說：

> 自《說文》以字畫左旁為類，而《玉篇》從之，不知右旁亦多以
> 類相從，如：戔有淺小之義，故水可涉者為淺；疾有所不足為殘；
> 貨而不足貴重顧為賤，木而輕薄者為棧。青字有精明之義，故日無
> 障蔽者為晴；水無涸濁者為清；米之去麤皮者為精。凡此皆可類求，
> 聊述兩端以見其凡。

古人訓解自《說文》以來，多依形釋義，因此在王聖美提出「右文說」之
前，徐鍇在《說文繫傳・通釋》的「上」字下就曾表示形體是為了「龤合其聲」，

〔註7〕 參見《四庫全書》子部第一六八冊雜家類沈括《夢溪筆談》卷十四第790頁。

所以形體的位置是「多從配合之宜」，未必在右。他說：

> 形聲者，以形配聲，班固謂之象聲。鄭玄注《周禮》謂之諧聲。
> 象則形也，諧聲言以形諧合其聲，其實一也。「江、河是也」，水其
> 象也，工、可其聲也。若空字、離字等形，或在上、或在下、或在
> 左右，亦或有微旨，亦多從配合之宜，未盡有義也。

不過若將「左形右聲」的形體障礙排除，「右文說」所闡示的是一種「聲義
同源」、「形聲兼義」的道理，而這樣的想法到了清代，與王念孫「訓詁之旨，
存乎聲音」的觀點相結合，就產生了「因聲求義」、「諧聲同源」的新理念與新
方法。朱國理先生在〈《廣雅疏證》對右文說的繼承與發展〉一文中說：

> 王氏眼裡，形聲字的聲符已不再是字的偏旁，而成了詞的記音
> 符號，表述形聲字音時，有時用聲符字，有時則逕用形聲字。在運
> 用右文法求源時，不只聲符相同的形聲字可以系聯到一塊，就是聲
> 符不同但聲音相同相近的形聲字也可以系聯到一塊。這就打破了文
> 字形體的束縛，擴大了右文法的適用範圍，從而發揮了右文法的威
> 力。〔註8〕

正如林尹先生《文字學概說》所言：「形聲字的聲符，是語根之所寄，語根相同
的字，意思往往相同，所以形聲字的聲符，兼有表聲表義雙重的功用。」〔註9〕
從本論文前幾章對王念孫《廣雅疏證》訓詁術語的分析中可看出，王念孫承
繼了「右文說」的精髓，發揮了同諧聲偏旁同義系聯的功用，使字詞的詮釋上
得到了較完滿的結果。例如：

> 《釋訓・卷六上》「規覎……八疾也」條下云：《說文》：「瘖，不
> 能言病也。」《釋名》云：「瘖，唵然無聲也。」《淮南子・地形訓》
> 云：「障氣多喑，風氣多聾。」喑與瘖通。

謹案：喑《廣韻》於金切：「極啼無聲。」影母、侵韻開口三等，上古聲母
為影母*ʔ-，古韻分部在侵部-jəm，上古音為*ʔjəm；又於含切、烏含切，影母、
覃韻開口一等，上古聲母為影母*ʔ-，古韻分部在侵部-əm，上古音為*ʔəm；又
於禁切，影母、沁韻開口三等，上古聲母為影母*ʔ-，古韻分部在侵部-jəms，上

〔註8〕參見朱國理先生《《廣雅疏證》對右文說的繼承與發展》第18頁。
〔註9〕參見林尹先生《文字學概說》第132頁。

古音為*ʔiəms；王念孫上古韻部在侵部。

瘖《廣韻》於金切：「瘖瘂。」影母、侵韻開口三等，上古聲母為影母*ʔ-，古韻分部在侵部-iəm，上古音為*ʔiəm；王念孫上古韻部在侵部。

「喑」和「瘖」聲韻畢同，諧聲偏旁相同，因此兩者亦同義。這是「諧聲同源」的情形。除了諧聲偏旁同義的系聯以外，王念孫也打破了形體的侷限，用同音同義字來做系聯，稱為「因聲求義」。例如：

> 《釋詁‧卷二上》「歔……悲也」條下云：唴哴者，《方言》：「自關而西，秦、晉之閒，凡大人少兒泣而不止謂之唴，哭極音絕亦謂之唴。平原謂啼極無聲謂之唴哴。」哴與喨同。

謹案：哴《廣韻》魯當切：「哴，吭吹兒。」來母、唐韻開口一等，上古聲母為來母*l-，古韻分部在陽部-aŋ，上古音為*laŋ；又力讓切，來母、漾韻開口三等，上古聲母為來母*l-，古韻分部在陽部-iaŋs，上古音為*liaŋs；王念孫上古韻部在陽部。

喨《廣韻》中無此字，《集韻》云：「嗟哴，啼極無聲也。或作喨。」所以喨為哴的異體字，音義與哴同。喨與哴的諧聲偏旁雖然不同，但是諧聲偏旁良與亮通用的狀況非獨喨與哴，悢與悵也是同音同義的情形。所以王念孫打破了形體上的限制，藉由因聲求義的方法將此二字相連結，這可說是他對「右文說」內涵的發揚。

二、對詞源、語源的保存與啟發

由於王念孫「因聲求義」的觀念，使得《疏證》中保留了許多現今學者研究同源詞不可或缺的資料。四川大學胡繼明先生在 2003 年出版的《《廣雅疏證》同源詞研究》就是從同源詞角度去探究《廣雅疏證》的一本專著，在「《廣雅疏證》同源詞研究的價值」的小節中，他說：

> 徐復先生《廣雅詁林‧前言》：「書中推闡『聲近義同』、『聲轉義近』之理，隨處皆是。其以聲音通訓詁，語多獨創，其詞源、語族之研究，尤微至。」《廣雅疏證》的同源詞研究對後代的同源詞研究產生了重大而深遠的影響，如章太炎先生正是在他的基礎上來建立近代漢語詞源學體系的，就是劉師培、沈兼士、楊樹達、王力等學

者的同源詞研究、詞源學研究也無不受到他的影響。〔註10〕

經由聲音關係的釐清來追求字義的正解，是王念孫訓詁時重要的工作之一。對詞源、語源的保存與啟發，也是王念孫《廣雅疏證》最大的貢獻。不過有部分學者以為王念孫用「不限形體」的理念來建立同源詞系統，是隨意而無根據的，這實在是對王念孫同源詞研究有著極大誤解。梅祖麟先生在〈有中國特色的漢語歷史音韻學〉的文末總結說：「『不限形體』假如被解釋為不顧諧聲的證據，這種同源字研究是行不通的。」但胡繼明先生《廣雅疏證同源詞研究》經過分析研究後得到的結論如下：

> 王念孫吸收了右文說的合理成分，擺脫了傳統右文說的束縛，認識到形聲字「聲中有義」的特性，以聲音為綱，通過對一系列形聲字聲符的排比歸類，特別是解讀了「同一聲符」可以構成多組同源詞的現象，揭示了一組組同源詞的語源意義，補充豐富了同源詞的研究方法。王念孫的這些研究同源詞的方法，被後來科學的詞源學所借鑒。〔註11〕

王念孫不曾將諧聲證據棄而不顧，只是在諧聲證據之外，他觀察到如果不能破除形體上的限制，就聲音上的關係去探索字詞意義的關聯，則無法真正瞭解到語言流轉的變化。正如他在《釋訓‧卷六上》「揚搉……都凡也」條下所云：

> 揚搉、媱㩴、堤封、無慮皆兩字同義，後人望文生訓，遂致穿鑿而失其本旨，故略為辯正。大氐雙聲、疊韻之字，其義即存乎聲，求諸其聲則得，求諸其文則惑矣。

在《廣雅疏證》中對於諧聲字組的探討很多，數量也遠多於不論形體、循音求義的字組，其所用的術語包括了「一聲之轉」、「與某通」、「某即某」、「某作某」、「某者，某也」……等，正如王念孫為程易疇所作的〈果臝轉語跋〉中云：

> 雙聲疊韵出于天籟，不學而能。由經典以及謠俗，如出一軌。

〔註10〕參見胡繼明先生《《廣雅疏證》同源詞研究》第5頁～第6頁。
〔註11〕參見胡繼明先生《廣雅疏證同源詞研究》第573頁，2003年1月第一版第一次印刷，成都：巴蜀書社出版。

先生獨能觀其會通，窮其變化。使學者讀之，而知絕代異語，別國

方言，無非一言之轉。則觸類旁通，而天下之能事畢矣。

當用一般的諧聲資料無法推求真義的時候，就必須從音聲的流轉上不斷去推敲，才能洞悉其中的精微，但絕非任意牽連。這也是王念孫對後世研究詞源、語源學者的啟發。

第三節　王念孫《廣雅疏證》訓詁術語的缺失

王念孫《廣雅疏證》雖然堪稱訓詁學的巨作，但也並非完善無瑕。從以上重點研究的術語中，可以觀察到兩項較為重大的缺失：

一、聲遠亦轉，自破體例

在「一聲之轉」的字組中居然出現「聲韻畢異」也轉的情形：

《釋器·卷八上》「黝⋯⋯黑也」條下云：《說文》：「黳，小黑子

也。」黶、䵝、黳一聲之轉。

謹案：黶《廣韻》於琰切：「面有黑子。」《說文》云：「黶，中黑也。」影母、琰韻開口三等，上古聲母為影母*ʔ-，古韻分部在談部-iam，上古音為*ʔi̯am；王念孫古韻分部在談部。

䵝《廣韻》以證切：「面黑子。」喻母、證韻開口三等，上古聲母擬音為*r-，古韻分部在蒸部-iəŋ，上古音為*ri̯əŋ；王念孫古韻分部在蒸部。

黳《廣韻》烏奚切，《說文》云：「小黑子。」段注云：「按：黶、黳雙聲。」影母、齊韻開口四等，上古聲母為影母*ʔ-，古韻分部在質部-iet，上古音為*ʔi̯et；質部在王念孫古韻分部中稱為至部。

「黶」和「黳」在上古聲母方面為雙聲喉音，而與「䵝」並無聲韻關係，僅字義上的相同而已。另外，在「轉聲」的「蛆：蝶」這一組字也是同樣聲遠的情行，這是自破體例的狀況。

二、同一規範的術語應合併

從第三章的分析中可看出，「聲之轉」與「一聲之轉」並沒有不同，應可將兩者合而為一。因為術語的精簡可減少閱讀者的困難，而不致於混淆不清。胡

繼明先生在〈《廣雅疏證》研究同源詞的成就和不足〉一文中同樣指出了這項缺失：

> 智者千慮，必有一失。王念孫對《廣雅疏證》同源詞的研究也有不足之處。
>
> 主要表現為：1. 術語使用的隨意性。王念孫在術語的使用上，有時隨意性比較大。這主要表現在字音、音義關係的表述上。……2. 同源詞與異體字、通假字概念不清，常常相混。……3.「古音」是一個較為寬泛的概念。〔註12〕

而趙振鐸先生在〈讀《廣雅疏證》〉一文中也說：

> 儘管《廣雅疏證》有上面提到的一些優點，但是瑜不掩瑕，它還有可以斟酌的地方。第一，術語含混，概念不明。這突出地表現在字音的論述上。……第二，缺乏用例，解說尚有不當。前面談到《疏證》比較重視用例，但是這一原則並沒有貫徹始終，有些地方還過分拘執於以聲音通訓詁，顯得不甚妥當。例如……有些條目採用演繹法，單純從音或義上推論，沒有舉出用例。……第三，校勘補正，不盡中肯。《疏證》對《廣雅》的校訂成績是主要的，但是，漏校、誤校的地方也有，下面舉幾個例子。……一般認為王氏父子治學嚴謹，引書非常慎重，差錯極少。就《疏證》引書的情況看，偶爾疏漏的狀況也是有的。……〔註13〕

以上兩位先生所提共同的缺點是「術語使用隨性而含混」，胡繼明先生進一步分析說：

> （1）「聲同」和「聲近」沒有分別，……這是由於王念孫使用了「聲」的兩個概念即「聲母」和「漢字整個音節的讀音」所造成的。王氏所說的「古同聲」是指聲母相同，「聲近」是指漢字整個音節的讀音相近。
>
> （2）「一聲之轉」和「聲並相近」沒有分別。「一聲之轉」應是

〔註12〕本段文字節錄自胡繼明先生〈《廣雅疏證》研究同源詞的成就和不足〉第 302～303 頁。

〔註13〕本段文字節錄自趙振鐸先生〈讀《廣雅疏證》〉第 300～301 頁。

指聲母相同，韻部發生了流轉；「聲並相近」指漢字整個音節的讀音相近；但王氏有時也用這兩個術語同時標注一組具有同源關係的詞，似乎沒有分，……

（3）「並通」與「並聲近而義同」沒有分別。……

（4）「並通」與「聲義並同」沒有分別。相同的材料、同一組同源詞分別用這兩個術語來表示，很容易讓人誤解成「聲義並同」是同源詞，「並通」是通假字。……〔註14〕

這些缺點主要是因為用字概念的不清所致。

就「聲」的概念不明這一點，《說文》云：「聲，音也。」段注云：「音下曰『聲也』，二篆為轉注，此渾言之也。」所以廣義來看「聲」和「漢字整個音節的讀音」的「音」是沒有差別的。

《說文解字》「妥」字下段注云：「退或為妥，則二字雙聲。妥與蛻、脫、毻聲義皆近。」〔註15〕妥《廣韻》他果切，透母、果韻合口一等，上古音韻部在歌部。退《廣韻》他內切，透母、隊韻合口一等，上古音韻部在沒部。兩者明顯僅有雙聲的關係。

蛻《廣韻》不論是舒芮切、他臥切還是他外切，都是透母、上古韻部在月部，意為「蛇去皮」。歌部和月部屬於元音相同、韻尾相近的對轉關係。脫《廣韻》徒活切、他括切，透母、上古韻部在月部。而毻《廣韻》他外切、湯臥切：「鳥易毛。」透母、上古韻部在歌部，所以與妥上古音相同。

由此可見，段玉裁所謂「聲義相近」中的「聲」是指廣義的「音」而言，所以段玉裁將「聲母」稱為「聲」，而廣義的「音聲」也稱為「聲」，在用字上並無區別。個人懷疑「聲母」和「音聲」統稱為「聲」或許只是清朝當代的一種行文習慣，而非僅只是王念孫這樣用，這一點就有待更多的清人著作的訓詁術語研究出爐才能證明了。因此，總體看來，王念孫校正《廣雅疏證》的態度還是十分嚴謹而令人欽佩的。

〔註14〕本段文字節錄自胡繼明先生〈《廣雅疏證》研究同源詞的成就和不足〉第302～303頁。

〔註15〕參見段玉裁《說文解字注》十二篇下第632頁「妥」字注。

參考書目

一、王念孫著作

1. 王念孫，1995 年 3 月，《續修四庫全書——廣雅疏證》，上海古籍出版社。

2. 王念孫，1997 年 3 月台 1 版，《古韻譜二卷》，王德毅主編《叢書集成三編》，台北：新文豐出版社。

3. 王念孫，《高郵王氏遺書》，台北文海出版社。

4. 李宗焜，2000 年 4 月出版，《高郵王氏父子手稿》，台北：中央研究院歷史語言研究所。

5. 張揖撰，王念孫疏證，1978 年出版，新式標點《廣雅疏證》（全四冊），陳雄根標點，劉殿爵教授審閱，香港：中文大學出版社。

6. 張揖撰，王念孫疏證，1991 年 1 月再版，《廣雅疏證》，台北：廣文書局有限公司。

二、主要參考書目

1. 中國科學院語言研究所編，1963 年 9 月第 1 版第 1 刷，《羅常培語言學論文選集》，北京：中華書局。

2. 孔仲溫，1987 年 10 月初版，《韻鏡研究》，台北：臺灣學生書局。

3. 支偉成，1925 年 10 月初版，《清代樸學大師列傳》，上海：泰東圖書局。

4. 方俊吉，1974 年 12 月，〈高郵王氏學述〉，《高雄師院學報》第 3 期。

5. 方俊吉，1974 年 2 月初版，《高郵王氏父子學之研究》，台北：文史哲出版社。

6. 方俊吉，1976 年 8 月出版，《廣雅疏證釋例》，台北：嘉新水泥公司文化基金會。

7. 王力，1988 年 4 月第 1 版第 1 次印刷，《漢語史稿》(《王力文集》第九卷)，北京：中華書局。

8. 王力，1992 年 8 月第 1 版第 1 次印刷，《清代古音學》，北京：中華書局。

9. 王寧，1995 年 3 月，〈關於反訓的訓詁原理〉，《中國語文通訊》第 33 期。

10. 王寧，1996 年 8 月北京第 1 版第 1 次印刷，《訓詁學原理》，北京：中國國際廣播出版社。

11. 王寧，1997 年 4 月 19～20 日，〈訓詁學與漢語雙音詞構詞研究〉，《訓詁論叢》第三輯，中山大學中文系及中國訓詁學會主編。

12. 王寧，1996 年 9 月第 1 版第 1 次印刷，《古代漢語通論》，北京師範大學出版社。

13. 王允莉，1981 年 6 月，《高郵王氏讀書雜志訓詁術語之研究》，私立中國文化大學中文研究所碩士論文。

14. 王引之，1979 年 1 月臺一版，《經義述聞》，臺灣：商務印書館。

15. 王俊義、黃愛平，1999 年 11 月一刷，《清代學術文化史論》，文津出版社。

16. 永瑢、紀昀等，1986 年 3 月初版，《景印文淵閣四庫全書》，臺灣：商務印書館。

17. 朱國理，1999 年，〈《廣雅疏證》的「同」〉，《殷都學刊》第 7 卷第 4 期。

18. 朱國理，2000 年，〈《廣雅疏證》的「命名之義」〉，《語言研究》第 3 期。

19. 朱國理，2000 年 8 月，〈《廣雅疏證》對右文說的繼承與發展〉，《上海大學學報（社會科學版）》第 7 卷第 4 期。

20. 朱國理，2001 年，〈《廣雅疏證》的「通」〉，《古籍整理研究學刊》第 1 期。

21. 朱駿聲，1998 年 12 月北京第 2 次印刷，《說文通訓定聲》，北京：中華書局。

22. 江永，1991 年北京一版，《叢書集成初編‧古韻標準》，北京：中華書局。

23. 何大安，1993 年 8 月第 2 版第 2 刷，《聲韻學中的觀念和方法》，台北：大安出版社。

24. 何大安，1997 年 6 月景印 1 版，《規律與方向：變遷中的音韻結構》，台北：中央研究院歷史語言研究所。

25. 吳孟復，1990 年 11 月初版，《訓詁通論》，台北：東大圖書股份有限公司。

26. 李開，1992 年初版，《戴震評傳》，南京市：南京大學出版社。

27. 李開，1993 年 9 月第 1 版第 1 次印刷，《漢語語言研究史》，江蘇教育出版社。

28. 李開，1998 年初版，《戴震語文學研究》，南京市：江蘇古籍出版社。

29. 李方桂，1998 年 5 月北京第 3 次印刷，《上古音研究》，北京：商務印書館。

30. 李秀娟，1999 年 5 月，《文選李善注訓詁釋語「通」與「同」辨析》，私立輔仁大學中國文學研究所碩士論文。

31. 周祖謨，1966 年 1 月第 1 版第 1 次印刷，《問學集》，北京：中華書局。

32. 周祖謨，1988 年 7 月第 1 版第 1 次印刷，《周祖謨語言文史論集》，江蘇古籍出版社。

33. 周駿富輯，1985 年 5 月 10 日初版，《清代傳記叢刊附索引》，台灣：明文書局。

34. 林尹，1980 年臺六版，《訓詁學概要》，台北：正中書局。

35. 林尹，1987 年 12 月臺初版第十三次印行，《文字學概說》，台北：正中書局

36. 林尹，1987 年 9 月六版，《中國聲韻學通論》，台北：黎明文化事業股份有限公司。

37. 林慶勳，1979 年，《段玉裁之生平及其學術研究》，文化大學中國文學研究所博士論文。

38. 林慶勳，1987 年 3 月，〈王念孫與李方伯書析論—清代古音學重要文獻初探之一〉，《高雄師院學報》第 15 期。

39. 祁龍威、林慶彰，2001 年 4 月初版，《清代揚州學術研究》（全二冊），臺灣學生書局。

40. 姚文田，《古音諧》，據華東師範大學圖書館藏清道光二十六年刻本影印。

41. 姚榮松，1997 年 4 月 19～20 日，〈反訓界說及其類型之商榷〉，《訓詁論叢》第三輯，中山大學中文系及中國訓詁學會主編。

42. 姚榮松，1999 年 9 月初版，〈漢語方言同源詞構擬法初探〉，《訓詁論叢》第四輯，台北：文史哲出版社。

43. 段玉裁，1971 年初版，《戴東原（震）先生年譜》，香港：崇文書局。

44. 段玉裁，1991 年 8 月增訂八版，《說文解字注》，台北：黎明文化事業股份有限公司。

45. 胡楚生，1993 年 3 月初版二刷，《清代學術史研究》，臺灣學生書局。

46. 胡楚生，1994 年 12 月初版，《清代學術史研究續編》，臺灣學生書局。

47. 胡繼明，2003 年 1 月第一版第一次印刷，《《廣雅疏證》同源詞研究》，成都：巴蜀書社。

48. 夏炘，《詩古韻表二十二部集說》，據中國科學院圖書館藏清道光十三年刻本影印。

49. 徐復，1990 年 6 月第 1 版第 1 次印刷，《徐復語言文字學叢稿》，江蘇古籍出版社。

50. 徐復，2000 年 12 月第 1 版第 1 次印刷，《訄書詳注》，上海古籍出版社。

51. 徐興海，2001 年 12 月第 1 版第 1 次印刷，《《廣雅疏證》研究》，江蘇古籍出版社。

52. 高明，1978 年 3 月 1 日初版，《高明文輯（下）》，台北：黎明文化事業股份有限公司。

53. 高明，1979 年 10 月，〈「高郵王氏父子學記」序〉，《文藝復興月刊》第 106 期。

54. 高明，1981 年 11 月 3 版，《大戴禮記今註今譯》，台北：台灣商務印書館。

55. 崔南圭，1989 年 4 月，《由王氏疏證研究廣雅聯綿詞》，私立東海大學中國文學研究所碩士論文。

56. 張文彬，1978 年 6 月，〈高郵王氏父子訓詁學之成就〉，《中國學術年刊》第 2 期。

57. 張文彬，1978 年 6 月，〈高郵王氏父子斠讎之態度〉，《國文學報》第 7 期。

58. 張文彬，1978 年 6 月，《高郵王氏父子學記》，國立臺灣師範大學國文研究所博士

論文。

59. 張惠言,《諧聲譜》,據華東師範大學圖書館藏民國二十三年葉景葵影印本影印。

60. 張畊,《古韻發明》,據上海辭書出版社圖書館藏清道光芸心堂刻本影印。

61. 戚學標,《漢學諧聲》,據上海辭書出版社圖書館藏清嘉慶九年涉縣官署刻本影印。

62. 梁保爾、雷漢卿,1999 年,〈《廣雅疏證》的寫作時間〉,《四川大學學報(哲學社會科學版)》第 1 期。

63. 梁啟超,1994 年 1 月臺二版第一次印刷,《清代學術概論》,臺灣:商務印書館。

64. 梅祖麟,2000 年 12 月,〈中國語言學的傳統和創新〉,《學術史與方法學的省思—中央研究院歷史語言研究所七十周年研討會論文集》,台北:中央研究院歷史語言研究所。

65. 梅祖麟,2002 年,〈有中國特色的漢語歷史音韻學〉,《中國語言學報》(Joumal of Chinese Linguistics) 30.2。

66. 莊雅州,1999 年 6 月 10 日,〈論高郵王氏父子經學著述中因聲求義〉,《「乾嘉學者之治經方法(三)」研討會會議論文》,中央研究院中國文哲研究所籌備處。

67. 許世瑛,1940 年 11 月,〈由王念孫古韻譜考其古韻二十一部相通情形〉,《文學年報》第 6 期。

68. 郭力,1998 年 4 月第 1 版第 1 刷,《北京大學百年國學文粹‧語言文獻卷》,北京大學出版社。

69. 都惠淑,1993 年 5 月,《王念孫之生平及其古音學》,國立臺灣師範大學國文研究所碩士論文。

70. 陳雄根,1992 年,〈《廣雅疏證》「之言」聲訓研究〉,《中國文化研究所學報》第 1 期。

71. 陳新雄,1987 年 9 月增訂 10 版,《增訂重校音略證補》,台北:文史哲出版社。

72. 陳新雄,1994 年 1 月初版,《文字聲韻論叢》,台北:東大圖書股份有限公司。

73. 陳新雄,1996 年 10 月初版 4 刷,《古音學發微》,台北:文史哲出版社。

74. 陳新雄,1996 年 9 月增訂版,《訓詁學》(上冊),臺灣學生書局。

75. 陳新雄,1997 年 4 月 19～20 日,〈王念孫《廣雅釋詁疏證》訓詁術語一聲之轉索解〉,《訓詁論叢》第三輯,中山大學中文系及中國訓詁學會主編。

76. 陳新雄,1998 年 12 月,〈古韻三十二部音讀之擬測(下)〉,《國立編譯館館刊》第 27 卷第 2 期,國立編譯館。

77. 陳新雄,1998 年 6 月,〈古韻三十二部音讀之擬測(上)〉,《國立編譯館館刊》第 27 卷第 1 期,國立編譯館。

78. 陳新雄,1999 年 4 月初版 1 刷,《古音研究》,台北:五南圖書出版有限公司。

79. 陳新雄,2004 年 11 月初版,《廣韻研究》,台北:臺灣學生書局有限公司。

80. 章太炎(炳麟),1978 年 7 月初版,《訄書》,臺灣:廣文書局。

81. 章炳麟著、朱維錚編校，1998 年 7 月第一版第一次印刷，《訄書》（初刻本與重訂本合刊），香港：三聯書局。

82. 揚雄，1993 年 11 月第 1 版第 1 次印刷，《辭書集成‧方言》，北京：團結出版社。

83. 渭南嚴氏編纂，1987 年 3 月再版，《音韻學叢書》，台北：廣文書局。

84. 番禺葉氏，1969 年 7 月初版，《清代學者象傳》，台北：文海出版社。

85. 程俊英、梁永昌，1989 年 11 月第 1 版第 1 次印刷，《應用訓詁學》，上海：華東師範大學出版社。

86. 舒懷，1997 年 11 月第 1 次印刷，《高郵王氏父子學術初探》，武漢：華中理工大學出版社。

87. 閔爾昌，1998 年初版，《王石臞先生年譜》，北京市：北京圖書館出版社。

88. 惲茹辛，1978 年 11 月，〈淮海四士〉，《江蘇文獻》第 8 期。

89. 楊向奎，1985 年出版，《清儒學案新編》，濟南：齊魯書社。

90. 楊晉龍，2000 年 11 月，〈臺灣學者研究「清乾嘉揚州學派」述略〉，《漢學研究通訊》第 19 卷第 4 期。

91. 楊晉龍，2000 年 12 月，〈海峽兩岸清代揚州學派學術研討會紀實〉，《中國文哲研究通訊》第 10 卷第 4 期。

92. 楊晉龍，2000 年 9 月，〈重返揚州南京論學考察記〉，《中國文哲研究通訊》第 10 卷第 3 期。

93. 齊佩瑢，1985 年 9 月 15 日初版，《訓詁學概論》，台北：漢京文化事業有限公司。

94. 劉盼遂，1970 年 6 月，《段王學五種》，藝文印書館景印。

95. 劉盼遂，1986 年 6 月初版，《清王石渠先生念孫年譜》，臺灣：商務印書館。

96. 劉盼遂，1997 年 3 月台 1 版，《王石臞文集補編》，王德毅主編《叢書集成三編》，台北：新文豐出版社。

97. 劉嶽雲，1896 年清光緒廿二年刊本，《食舊德齋襍著》，線裝書，壬午歲刻於鄂。

98. 蔡可園，1990 年 4 月再版，《清代七百名人傳》，台北：廣文書局有限公司。

99. 鄭玄等，1993 年 9 月 12 刷，《十三經注疏》，台北：藝文印書館。

100. 魯實先，1973 年 10 月初版，《假借遡原》，台北：文史哲出版社。

101. 賴炎元，1989 年 2 月，〈高郵王念孫引之父子的校勘學〉，《中國學術年刊》第 10 期。

102. 鮑國順，1997 年 5 月初版，《戴震研究》，台北市：國立編譯館。

103. 龍宇純，2002 年 12 月出版，《中上古漢語音韻論文集》，台北：五四書店有限公司。

104. 戴震，《聲類表》，據北京圖書館藏清乾隆四十四年孔繼涵刻微波榭叢書本影印。

105. 戴震，1994 年 9 月第 1 版第 1 次印刷，《安徽古籍叢書（第二輯）戴震全書》，安徽：黃山書社。

106. 鍾克昌，1971 年 6 月，《戴氏轉語索隱》，國立臺灣師範大學國文研究所碩士論

文。

107. 嚴修，1987 年 5 月印刷，〈論王念孫的學術成就〉，《語言研究集刊》第 1 輯，上海復旦大學出版社。

三、相關參考書目

1. 大谷敏夫著、盧秀滿譯，2000 年 3 月，〈揚州、常州學術考〉，《中國文哲研究通訊》第 10 卷第 1 期。

2. 孔德明，1990 年 7 月第 1 版第 1 刷，〈通假字界說〉，《語言文字論集》，廣東人民出版社。

3. 王峙淵，1997 年 6 月 1 版 1 刷，《漢音學研究》，台中：瑞成書局。

4. 王傳德、高慶栓，1996 年 4 月第 1 版第 1 次印刷，《漢語史》，濟南出版社。

5. 史錫堯、楊慶蕙，1984 年 11 月第 1 版第 1 次印刷，《現代漢語》，北京師範大學出版社。

6. 李建國，1999 年 9 月初版，〈漢代的辭書訓詁〉，《訓詁論叢》第四輯，台北：文史哲出版社。

7. 李新魁，1994 年 6 月第 1 版，《李新魁語言學論集》，北京：中華書局。

8. 李葆嘉，1996 年 6 月初版 1 刷，《清代上古聲紐研究史論》，台北：五南圖書出版有限公司。

9. 李榮，1982 年 4 月北京第 1 版第 1 次印刷，《音韻存稿》，北京：商務印書館。

10. 李鵑娟，2000 年 5 月，《丁履恆《形聲類篇》「通合理論」研究》，輔仁大學中國文學研究所碩士論文。

11. 杜松柏編著，1984 年 10 月初版，《尚書類聚初集（五）》，台北：新文豐出版社。

12. 周大璞，1984 年 10 月第 2 版第 2 次印刷，《訓詁學要略》，湖北人民出版社。

13. 周大璞，2000 年 6 月第 1 版第 1 次印刷，《訓詁學》，洪葉文化事業有限公司。

14. 周何，1995 年 12 月 16～17 日，〈論倒言之訓〉，《第二屆訓詁學學術研討會論文集》，臺南師範學院語教系及中國訓詁學會主編。

15. 周何，1997 年 11 月初版，《中國訓詁學》，台北：三民書局股份有限公司。

16. 周何，1997 年 4 月 19～20 日，〈訓詁學中的假借說〉，《訓詁論叢》第三輯，中山大學中文系及中國訓詁學會主編。

17. 周何，1999 年 9 月初版，〈通、同訓詁用語之別〉，《訓詁論叢》第四輯，台北：文史哲出版社。

18. 林慶彰、張壽安，2003 年 2 月初版，《乾嘉學者的義理學》，台北市：中央研究院中國文哲研究所。

19. 林慶彰，2000 年 11 月，〈「清乾嘉揚州學派研究」計畫述略〉，《漢學研究通訊》第 19 卷第 4 期。

20. 近藤光男，1995 年 12 月 15 日第一版第二刷，《清朝考證學の研究》，東京都：研文出版社。

21. 柯明傑，1999 年 6 月，《朱駿聲《說文通訓定聲》異體字之研究》，國立中央大學中國文學研究所博士論文。

22. 胡樸安，1939 年 8 月初版，《中國訓詁學史》，各埠：商務印書館。

23. 唐作藩，1987 年 5 月第 1 版第 1 次印刷，《音韻學教程》，北京大學出版社。

24. 孫永選、闞景忠、季云起，1996 年 2 月第 1 版第 1 次印刷，《訓詁學綱要》，山東：齊魯書社。

25. 孫雍長，1994 年 4 月，〈音轉研究述要〉，《河北師院學報：社科版》。

26. 孫雍長，1997 年 12 月第 1 版第 1 次印刷，《訓詁原理》，北京語文出版社。

27. 徐超，1999 年 8 月初版 1 刷，《中國傳統語言文字學》，台北：五南圖書出版公司。

28. 耿振生，1992 年 9 月第 1 版第 1 次印刷，《明清等韻學通論》，北京：語文出版社。

29. 馬景侖，1997 年 12 月第 1 版第 1 次印刷，《段注訓詁研究》，江蘇教育出版社。

30. 張世祿，1984 年 10 月第 1 版第 1 次印刷，《張世祿語言學論文集》，上海：學林出版社。

31. 許威漢，1987 年 12 月第 1 版第 1 次印刷，《訓詁學導論》，上海教育出版社。

32. 許威漢，1997 年 4 月 19～20 日，〈訓詁學研究及其取向叢談〉，《訓詁論叢》第三輯，中山大學中文系及中國訓詁學會主編。

33. 郭在貽，1986 年 10 月第 1 版第 1 次印刷，《古漢語學習叢書·訓詁學》，湖南人民出版社。

34. 陳振寰，1986 年 10 月第 1 版第 1 次印刷，《古漢語學習叢書·音韻學》，湖南人民出版社。

35. 陳煥良，1995 年 9 月第 1 版第 1 次印刷，《訓詁學概要》，廣州：中山大學出版社。

36. 陸宗達，1980 年 7 月第 1 版第 1 次印刷，《訓詁簡論》，北京出版社。

37. 陸宗達，1981 年 4 月第 1 版第 1 次印刷，《訓詁研究（第一輯）》，北京師範大學出版社。

38. 陸宗達，1996 年 3 月北京第 1 版第 1 刷，〈因聲求義論〉，《語言學論文集》，北京師範大學出版社。

39. 陸宗達，1996 年 3 月北京第 1 版第 1 刷，《陸宗達語言學論文集》，北京師範大學出版社。

40. 黃典誠，1988 年 1 月第 1 版第 1 次印刷，《訓詁學概論》，福建人民出版社。

41. 黃建中，1988 年 1 月第 1 版第 1 次印刷，《訓詁學教程》，胡北：荊楚書社。

42. 楊端志，1997 年 11 月初版 1 刷，《訓詁學（上）（下）》，台北：五南圖書出版公司。

43. 楊樹達，1988 年 9 月第 1 版第 1 刷，《中國文字學概要》，上海古籍出版社。

44. 趙秉璇、竺家寧，1998 年 3 月第 1 版第 1 次印刷，《古漢語複聲母論文集》，北京語言文化大學出版社。

45. 趙振鐸，1990 年 7 月第 1 版第 1 次印刷，《音韻學綱要》，四川：巴蜀書社。

46. 趙航，1991 年 11 月第 1 版第 1 刷，《揚州學派新論》，江蘇文藝出版社。

47. 趙誠，1991 年 11 月第 1 版第 1 刷，《古代文字音韻論文集》，北京：中華書局。

48. 趙憩之，1985 年 7 月再版，《等韻源流》，台北：文史哲出版社。

49. 劉如瑛，1987 年 11 月印刷，《揚州學派研究》，揚州師院學報編輯部、古籍整理研究室編，揚州師院印刷廠印刷。

50. 廣文編譯所，1982 年 10 月 3 版，《訓詁學概論》，台北：廣文書局有限公司。

51. 蔣秋華，2000 年 11 月，〈大陸學者對清乾嘉揚州學派的研究〉，《漢學研究通訊》第 19 卷第 4 期。

52. 鄭仁甲，1994 年 4 月第 1 版第 1 次印刷，〈論三等韻的 i 介音—兼論重紐〉，《音韻學研究》第三輯，中國音韻學研究會編，北京：中華書局。

53. 鄭玄、孔穎達等，1993 年 9 月 12 刷，《十三經注疏》，台北：藝文印書館

54. 蕭璋，1994 年 6 月第 1 版第 1 次印刷，《文字訓詁論集》，北京：語文出版社。

55. 濱口富士雄著、盧秀滿譯，2000 年 3 月，〈王念孫訓詁之意義〉，《中國文哲研究通訊》第 10 卷第 1 期。

【附錄一】王念孫家系族譜

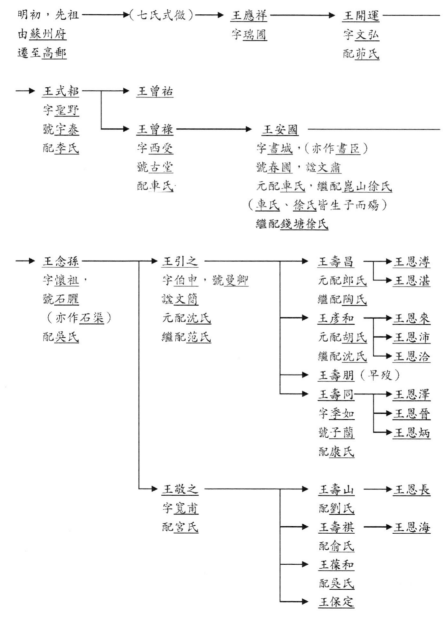

明初，先祖──→（七氏式微）─→ 王應祥 ─────→ 王開運 ──────
由蘇州府　　　　　　　　字瑞圃　　　　　　　字文弘
遷至高郵　　　　　　　　　　　　　　　　　配茆氏

──→ 王式耜 ─→ 王曾祐
　　　字聖野
　　　號宇泰　　─→ 王曾祿 ───────→ 王安國 ──────────
　　　配李氏　　　　字西受　　　　　　字書城，（亦作書臣）
　　　　　　　　　　號古堂　　　　　　號春圃，謚文肅
　　　　　　　　　　配車氏　　　　　　元配車氏，繼配崑山徐氏
　　　　　　　　　　　　　　　　　　　（車氏、徐氏皆生子而殤）
　　　　　　　　　　　　　　　　　　　繼配錢塘徐氏

──→ 王念孫 ─────→ 王引之 ─────→ 王壽昌 ─→ 王恩溥
　　　字懷祖，　　　字伯申，號曼卿　　元配郎氏　　 王恩湛
　　　號石臞　　　　謚文簡　　　　　　繼配陶氏
　　（亦作石渠）　　元配沈氏　　　─→ 王彥和 ─→ 王恩來
　　　配吳氏　　　　繼配范氏　　　　　元配胡氏　　 王恩沛
　　　　　　　　　　　　　　　　　　　繼配沈氏　　 王恩洽
　　　　　　　　　　　　　　　　　─→ 王壽朋（早歿）
　　　　　　　　　　　　　　　　　─→ 王壽同 ─→ 王恩澤
　　　　　　　　　　　　　　　　　　　字季如　　 王恩晉
　　　　　　　　　　　　　　　　　　　號子蘭　　 王恩炳
　　　　　　　　　　　　　　　　　　　配康氏

　　　　　　　　─→ 王敬之 ─────→ 王壽山 ─→ 王恩長
　　　　　　　　　　字寬甫　　　　　配劉氏
　　　　　　　　　　配宮氏　　　　─→ 王壽祺 ─→ 王恩海
　　　　　　　　　　　　　　　　　　配俞氏
　　　　　　　　　　　　　　　　─→ 王葆和
　　　　　　　　　　　　　　　　　　配吳氏
　　　　　　　　　　　　　　　　─→ 王保定

【註】依照傳統，女兒不列入族譜中。

【附錄二】王氏二十二部合韻譜

第一部　東

1. 東冬合韻譜

（襛）、雝、（蟲）、（螽）、（忡）、（降）、（仲）、戎、（濃）、（沖）、同、功、（崇）、豐、蜂、墉、（窮）、（中）、邦、（眾）、凶、通、（終）、用、庸。

2. 東蒸合韻譜

動、（應）。

3. 東冬蒸合韻譜

（中）、【應】、蒙、功、從、（窮）、（降）、【騰】、同、動、通、（冬）。

4. 東侵合韻譜

（沈）、封。

5. 東冬侵合韻譜

雝、（宮）、【臨】、【深】、（中）、容、【禽】、（終）、凶、功、【湛】、豐。

6. 東陽合韻譜

（明）、凶、恭、從、聰、容、同、（王）、（昌）、功、（殃）。

7. 東冬陽合韻譜

邦、（崇）、功、【皇】。

8. 東冬蒸陽合韻譜

「明」、功、容、聰、【騰】、（窮）。

9. 東耕合韻譜

凶、（正）。

10. 東諄合韻譜

（慇）、（辰）、東、（瘯）。

11. 東冬陽諄合韻譜

「惇」、庸、（衷）、【章】、用。

12. 東元合韻譜

（筵）、恭、（反）、（幡）、（遷）、（僊）。

13. 東之合韻譜

（災）、（尤）、（載）、用、（志）、（事）。

14. 東之魚合韻譜

（士）、【祖】、【父】、戎、【武】、【緒】、【野】、【虞】、【女】、【旅】、功、（子）、【魯】、【宇】、【輔】。

15. 東侯合韻譜

（顒）、公、（後）、鞏。

16. 東幽（韻譜作蕭）合韻譜

（務）、戎、（調）、同、從、（由）、龍、（遊）。

第二部　冬

1. 冬蒸合韻譜

中、終、（應）、降、（騰）。

2. 冬侵合韻譜

中、（驂）、沖、（陰）、（飲）、宗、（諶）、終、蟲、宮、（臨）、躬、（禽）、窮。

3. 冬陽合韻譜

（裳）、（狼）、降、（漿）、（翔）、（行）、（堂）、宮、中、窮。

4. 冬侵耕合韻譜

【正】、【聽】、（心）、躬、終。

5. 冬真合韻譜

躬、（天）、（鄰）。

6. 冬蒸真合韻譜

【頻】、中、（弘）、躬。

7. 冬耕真合韻譜

中、（成）、（正）、【淵】。

8. 冬元合韻譜

（蜓）、（蜿）、（騫）、躬。

第三部　蒸

1. 蒸侵合韻譜

膺、弓、滕、興、（音）、（林）、蒸、夢、勝、憎、（心）、乘、（綾）、增、懲、承。

2. 蒸陽合韻譜

（常）、懲。

3. 蒸諄合韻譜

（門）、冰。

4. 蒸諄元合韻譜

（云）、（先）、【言】、勝、陵、（文）。

5. 蒸之合韻譜

（來）、贈、（陾）、薨、登、馮、興、勝、滕、（賊）。

第四部　侵

1. 侵談合韻譜

苕、（儼）、枕、湛、（厭）。

2. 侵耕合韻譜

今、（政）、（形）、（城）。

3. 侵真合韻譜

（天）、（臻）、矜、（玄）、（民）、（旬）、（填）。

4. 侵真諄合韻譜

【限】、（贆）、心、（身）。

5. 侵緝合韻譜

玷、（貶）。

6. 侵之合韻譜

（得）、（疑）、簪、任、（治）。

7. 侵幽合韻譜

耽、（逐）、（守）、念、（咎）、（受）、任、醜。

第五部　談

1. 談陽合韻譜

瞻、（相）、（臧）、（腸）、（狂）、監、嚴、濫、（遑）、（亡）、（饗）、（長）。

第六部　陽

1. 陽耕合韻譜

王、（刑）、行、（正）、亨、（情）、（姓）、明、（成）、（寧）。

2. 陽真合韻譜

岡、（薪）、糧、芳、明、（身）。

3. 陽耕真合韻譜

享、（正）、【命】、（情）。

4. 陽元合韻譜

（言）、行、揚、秉、明、量、方。

5. 陽諄元合韻譜

（聞）、【患】、亡、【完】。

6. 陽諄脂合韻譜

炳、【蔚】、（君）。

7. 陽魚合韻譜

（旅）、廣、（鼓）、（武）、（雅）、（語）、（古）、（下）、迎、（故）。

第七部　耕

1. 耕真合韻譜

（天）、定、生、寧、醒、成、政、姓、（領）、騁、（令）、鳴、征、（人）、（陳）、聲、（身）、屏、刑、聽、傾、星、贏、正、（淵）、平、（新）、（賢）、盈、（信）、（命）、貞、（民）、（賓）、（臣）、名、精、情、（偏）、靈、幸、敬、盛、（神）、挺、扃、形、（均）、（旌）、星、（零）、程、榮、耕、（真）、清、楹、（憐）、（命）。

2. 耕諄合韻譜

倩、（盼）、（訓）、刑、聘、（問）。

3. 耕真諄合韻譜

（牽）、（賓）、（民）、正、（命）、【吝】、倩、【盼】、（絢）、（天）、（人）、（千）、【侁】、（淵）、瞑、（身）。

4. 耕元合韻譜

菁、（罠）、姓、靈、（言）。

5. 耕真元合韻譜

【元】、（天）、形、成、（命）、貞。

6. 耕至（韻譜作質）合韻譜

（四）、程。

7. 耕之合韻譜

（極）、正。

8. 耕魚合韻譜

情、（路）。

第八部　真

1. 真諄合韻譜

鄰、（云）、（慇）、（順）、信、賢、仁、（敦）、天、神、（雲）、（川）、

民、（文）、（謹）、（勉）、盡、（尊）、親、（存）、（先）、（君）、進、（分）、陳、賓、（墳）、（鰥）、（聞）、鄰、（紛）、隙、（昆）。

2. 真元合韻譜

民、（嫄）、（元）、天、弦、（環）、（變）、命、親、（怨）、（淺）、（翩）、（閒）、（願）、進。

3. 真至合韻譜

（替）、引。

第九部　諄

1. 諄元合韻譜

群、錞、（苑）、震、（戀）、（熯）、（愆）、孫、順、（願）、輪、（奐）、珍、（犬）、忿、（倦）、（怨）、困、（飯）、殞、（還）、聞、（傳）、恨、（然）、存、先、門、溫、（餐）、垠、春。

2. 諄至合韻譜

（疾）、殄、艱、（替）。

3. 諄元至合韻譜

須、【實】、（巽）、順。

4. 諄脂合韻譜

敦、（遺）、（摧）、頎、（衣）、（妻）、（姨）、（私）、焞、（雷）、（威）、（偕）、近、（邇）、（萃）、訊、（類）、君、（比）、分、（歸）、殷、（梯）。

5. 諄元脂合韻譜

先、（還）、【兒】。

6. 諄脂緝合韻譜

（退）、（遂）、（瘁）、訊、【答】、。

第十部　元

1. 元歌合韻譜

（左）、（瑳）、儺、（差）、原、（麻）、（娑）、翰、憲、難、（那）、（阿）、（何）、慢、（僞）。

2. 元至合韻譜

筵、（秩）、（實）、願、亂。

3. 元脂合韻譜

山、（歸）、（寬）、（萎）、怨、（泚）、（瀰）、鮮、援、（推）、遠、（微）。

4. 元祭合韻譜

（桀）、怛、（發）、（偈）、（拔）、（兌）、（駾）、喙、勸、（列）、（藝）、（鉞）。

5. 元緝合韻譜

安、（顯）、旦。

6. 元魚合韻譜

（賦）、亂、變、譔。

第十一部　歌

1. 歌支合韻譜

地、（褐）、瓦、儀、議、罹、（解）、阤、（知）、為、離、（佳）、（規）、施、（卑）、移。

2. 歌脂合韻譜

（祁）、河、宜、何、河、（遺）、（腓）、隨、義、（謂）、和、（畏）、（味）、（氣）、（雷）、蛇、（懷）、（歸）、（妃）、歌、（夷）、（飛）、（徊）、（偕）、（毀）、弛。

3. 歌魚合韻譜

義、（戲）、儀、（虧）、（瑕）、加。

4. 歌侯合韻譜

（寇）、可、詈、歌。

5. 歌宵（陸氏所輯作蕭）合韻譜

（暴）、罷、麾、施、為。

6. 歌支宵合韻譜

【翟】、髦、（掃）、（晢）、（帝）。

第十二部　支

1. 支脂合韻譜

（濟）、積、（秭）、（醴）、（妣）、（禮）、（矗）、脆、枳、（死）、支、（壞）、
訾、斯、（咿）、兒。

2. 支祭合韻譜

（纖）、厄。

3. 支之合韻譜

（士）、（宰）、（史）、氏、（紀）、（右）、（止）、（里）、閱。

4. 支之魚合韻譜

氏、【射】、【舉】、（子）、（士）、【處】、【所】、【譽】。

5. 支侯合韻譜

（局）、蹐、脊、蝪。

第十三部　至（韻譜作質）

1. 至脂合韻譜

挃、栗、（比）、櫛、室、（濟）、閟、（禮）、至、欥、（鬱）、（類）、致、
疾、（戾）、（屆）、（泥）、血、穴、寔、（貴）、（示）、（死）、（匱）、（遂）、
畢、（橘）。

2. 至祭合韻譜

（葛）、節、日、結、（厲）、（滅）、（威）、愁、恤、（熱）、吉、（潔）、（蓋）、
閔、（泄）。

3. 至脂祭合韻譜

質、（物）、【末】、（獪）、【狘】、失。

4. 至之合韻譜

（子）、室、（減）、匹、（福）、閉、（翼）、節、（服）。

5. 至宵（韻譜作蕭）合韻譜

（弔）、質。

第十四部　脂

1. 脂祭合韻譜

（噲）、蔚、（施）、瘁、（滅）、戾、（勘）、（嘒）、渒、屆、寐、駟、毖、（邁）、翳、（柳）、惠、（厲）、（瘵）、內、（外）、位、（快）、逮、（大）、（害）、類、退、二、（月）、物、孛、（竭）、（歂）、骨、齊、（絜）、悖、（達）、（紲）、利、（制）、（世）、慧、（勢）、慨、（帶）、（介）、（穢）、（敗）、味、沫。

2. 脂之合韻譜

資、（疑）、維、階、（龜）、違、（時）、（事）、器、第、（母）、（子）、（巳）、禮、（紀）、弟、（婦）、（里）、（起）、（采）、氣、（待）、類、（異）、（茲）、沫、（佩）、（態）、（竢）、出、（冀）、欷、涕、（弭）。

3. 脂幽合韻譜

繼、味、（飽）。

第十五部　祭（韻譜作月）

1. 祭之合韻譜

（以）、饐、（婦）、（士）、（耘）、（畝）。

2. 祭侯合韻譜

（縠）、活、達、傑。

第十六部　盍（韻譜作合）

1. 盍緝合韻譜

業、捷、（及）、法、（合）。

2. 盍魚合韻譜

（赫）、業、（作）、刦、（廹）。

第十七部　緝

1. 緝之合韻譜

（飭）、（服）、（熾）、急、（國）、（式）、入、（食）、（側）、汲、（福）、（得）、及、（息）。

2. 緝魚合韻譜

（瑕）、入。

3. 緝幽合韻譜

（猶）、集、（咎）、（道）。

4. 緝之幽合韻譜

（治）、（貸）、集、【繆】、（福）、（服）、（德）、（極）、（直）、（力）、急、（息）、【毒】、（忒）、（食）、【告】、（則）、（慝）、（職）、【鞠】。

第十八部　之

1. 之魚合韻譜

（膴）、謀、（欨）、欺、郵、飴、龜、時、茲、（雨）、母、（股）、（野）、（宇）、（戶）、（下）、（鼠）、子、（處）、（者）、（虎）、（女）、（錯）、志、里、海、（舍）、（俎）、（鼓）、（瑕）、（祖）、（所）、（祜）、（舉）、士、（射）、（譽）、悔、（豫）、（都）、臡、駏、牛、災。

2. 之侯合韻譜

（穀）、食、（祿）、或、服、德、息、極、（廚）、牛、之。

3. 之魚侯合韻譜

【主】、母、（矩）、海、（下）、【俯】、止、（女）、子、（語）、（古）。

4. 之幽合韻譜

紑、（俅）、基、牛、鼐、（觩）、（柔）、（休）、（造）、士、有、（收）、（茂）、止、子、疚、（考）、（孝）、（好）、食、（穆）、麥、殖、（覺）、備、戒、（告）、（夙）、（育）、稷、匐、嶷、（菽）、則、福、國、穡、（道）、己、始、（咎）、久、（首）、（醜）、（保）、母、（逐）、得、（守）、（壽）、富、（覆）、誡、起、理、紀、載、（幬）、疑、（浮）、佩、代、意、置、異、再、識、默、（鞠）。

5. 之宵合韻譜

（搖）、謀。

第十九部　魚

1. 魚侯合韻譜

鼓、（奏）、祖、瞽、廙、羽、圉、舉、禡、（附）、（侮）、（駒）、圖、（珠）、下、（後）、（取）、汙、瑕、（垢）。

2. 魚幽合韻譜

（休）、（逑）、恂、（憂）、（修）、圉、莽、（草）。

3. 魚宵合韻譜

固、（鑿）、（教）、（樂）、（高）、（昭）、遽、（逃）、（遙）。

第二十部　侯

1. 侯幽合韻譜

（橚）、趣、榆、（蹂）、（变）、（浮）、欲、（孝）、蠋、（宿）、綠、（菊）、局、沐、（告）、瀆、族、（睦）、走、（流）、（道）、浴、（肉）、（麀）、轂、祿、（畜）。

2. 侯宵合韻譜

豆、（飫）、具、孺、椒、（沼）。

第二十一部　幽

1. 幽宵合韻譜

舟、髦、陶、翿、（敖）、溫、（儦）、（婁）、蜩、（譙）、翛、（翹）、（搖）、（曉）、酒、（殽）、（瑤）、（刀）、（皎）、（僚）、糾、（悄）、（廟）、猷、肅、保、（紹）、（趙）、蓼、朽、茂、（驕）、憂、求、（燥）、（朝）、學、州、道、草、擾、獸、牡、流、昭、幽、聊、由。

第二十二部　宵

1. 宵歌（陸氏所輯作蕭）合韻譜

（暴）、罷、麾、施、為。

2. 宵歌支合韻譜

【翟】、髢、（掃）、（晢）、（帝）。

3. 宵至合韻譜

（弔）、質。

4. 宵之合韻譜

（搖）、謀。

5. 宵魚合韻譜

固、（鑿）、（教）、（樂）、（高）、（昭）、遽、（逃）、（遙）。

6. 宵侯合韻譜

豆、（飫）、具、孺、椒、（沼）。

7. 宵幽合韻譜

舟、髦、陶、翿、（敖）、滔、（儦）、（蔞）、蜩、（譙）、翛、（翹）、（搖）、（曉）、酒、（穀）、（瑤）、（刀）、（皎）、（僚）、糾、（悄）、（廟）、猷、蕭、保、（紹）、（趙）、蓼、朽、茂、（驕）、憂、求、（燥）、（朝）、學、州、道、草、擾、獸、牡、流、昭、幽、聊、由。

註：凡本部外的字以（）、【】標示，同部者使用的符號亦相同。

【附錄三】陳伯元先生古音三十二部之諧聲表

第一部　歌部[ai]

《詩經》韻字表

皮、紽、蛇、沱、過、歌、為、何、離、施、河、儀、它、珈、佗、宜、
猗、瑳、磨、阿、邁、左、儺、羅、罹、吪、嗟、加、吹、和、我、多、
池、陂、荷、縭、嘉、錡、鯊、椅、莪、駕、馳、破、羆、訿、瘥、他、
抛、禍、可、議、俄、峨、傞、賀、佐、罝、犧、差、娑、那、地、瓦。

諧聲偏旁表

皮、它、咼、乙、哥、為、可、离、也、我、義、加、多、宜、奇、麻、
左、ナ、差、儺、羅、罹、垂、匕、化、吹、禾、沙、罷、罝、羲、那、
瓦、隋、坐、果、朵、肖、崔、惢、臥、戈、贏、屮、叵、羈、蠡、义、
麗、些、徙、戲、虧、危。

上列諧聲偏旁變入《廣韻》支紙寘、歌哿箇、戈果過、麻馬禡。

第二部　月部[at]

《詩經》韻字表

掇、捋、蕨、惙、說、伐、茷、敗、愒、拜、脫、帨、吠、闊、厲、

揭、羍、邁、衛、害、逝、活、瀎、發、孽、竭、桀、帶、月、佸、
括、渴、葛、艾、歲、達、闕、闥、怛、外、泄、蹶、肺、晣、偈、
閲、雪、祋、芾、烈、晰、嘅、舌、秇、愒、瘵、撮、髮、薑、世、拔、
兌、載、撥、奪、傑、茷、越、截、旆、鉞、曷、蘗、滅、威、勘、
栵、嘒。

諧聲偏旁表

叕、寽、厥、兌、伐、犮、敗、愒、拜、吠、活、昏（隸變為舌）、羍、
茧、衛、丰、害、折、歲、發、丏、曷、薛、桀、屬、帶、育、乂、羍
（隸變為幸）、欪、怛、外、世、市、雪、祋、列、舌（與隸變之昏異）、
末、祭、最、薑、喙、大、乚、戉、截、威、泰、太、貝、敗、會、夬、
叡、贅、毳、砅、巛、介、摯、制、筮、祭、彑、埶、竄、戌、絕、劂、
孑、孓、豈、陸、臬、奇、夕、中、劣、弜、別、爿、首、奪、粵、曰、
叔、刷、殺、罰、剌、戳、胅、叡、尚、裔、脫、曹、彗、映、匂、熱。

上列諧聲偏旁變入《廣韻》祭、泰、怪、廢、月、曷、末、鎋、黠、屑、
薛。

第三部　元部[an]

《詩經》韻字表

轉、卷、選、雁、旦、泮、干、言、泉、歎、變、管、展、袢、顏、媛、
反、遠、僩、咺、諼、澗、寬、垣、關、漣、遷、怨、岸、宴、晏、乾、
嘆、難、館、粲、園、檀、慢、罕、彥、爛、餐、墠、阪、漙、願、渙、
蕳、還、閒、肩、僩、卝、見、弁、鬈、貫、亂、閑、廛、貆、旃、然、
焉、菅、悁、冠、孌、博、踐、原、衍、憚、痯、汕、衎、安、軒、憲、
山、幡、霰、樊、燔、獻、羨、僁、翰、繁、爐、鍛、殘、綣、諫、管、
亶、顏、悹、蕃、宣、番、丸、虔、挺、騆、鮮、筵、嫄、苑、㷉。

諧聲偏旁表

重、專、卷、巽、雁、旦、半、干、辛、言、泉、䜌、官、玨、展、爰、
反、袁、閒、亘、間、莧、寬、絲、聯、連、罨、夗、宛、冤、晏、安、
難、从、㪟、叔、亶、曼、柬、闌、吅、單、原、奐、厂、广、彥、燕、

羇、縣、姦、宦、睘、肩、屮、卵、見、弁、毌、閑、塵、丹、然、焉、叔、善、肙、冠、开、睪、建、看、侃、盥、耑、短、般、戔、衍、山、憲、番、散、棥、虜、獻、次、丸、虔、繁、段、延、鮮、完、元、寒、塞、騫、繭、门、采、縣、邊、面、片、煩、姺、贊、筭、算、祘、爨、羴、扇、刪、幻、穿、斷、雋、全、前、薦、臱、亂、く、合、班、辡、犬、孱、件、舛、虔、虤、戁、鱻、閔、豦、奻、便、樊、羨。

上列諧聲偏旁變入《廣韻》元阮願、寒旱翰、桓緩換、刪潸諫、山產襉、仙獮線、先銑霰。

第四部　脂部[ei]

《詩經》韻字表

萋、喈、體、死、薺、弟、沛、禰、姊、指、禮、妻、姨、脂、躋、犀、眉、淒、夷、濟、瀰、偕、比、伎、遲、飢、躋、蓍、師、祁、體、旨、矢、兕、醴、麋、匕、砥、履、視、涕、穉、穧、茨、鴟、階、秭、姒、紕、疧、邇、美、湄、坻、几、泥、毗、迷、屎、資、階、底、楴、濟、尸、郿、祗、膍。

諧聲偏旁表

妻、皆、豊、死、齊、弟、巿、介、爾、旨、耆、夷、厶、眉、比、次、二、几、師、示、矢、兕、米、匕、履、氏、美、尼、尸、毘、禾、卟、伊、犀、屖、豸、黹、豕、示、黎、癸。

上列諧聲偏旁變入《廣韻》脂旨至、紙、齊薺霽、皆駭怪。

第五部　質部[et]

《詩經》韻字表

實、室、袺、襭、肆、棄、七、吉、暱、嚏、日、栗、漆、瑟、疾、穴、即、疐、慄、韠、結、一、垤、窒、至、恤、徹、逸、血、穗、利、泌、設、抑、秩、匹、密、戾、挃、櫛、替、骨、屆、肆、懱、四、閟、節、翳、惠。

諧聲偏旁表

質、實、至、吉、肆、棄、七、壹、疐、日、栗、桼、瑟、乙、抑、必、
宓、悉、疾、穴、八、夰、屑、卩、即、畢、一、血、徹、逸、惠、利、
設、閉、戛、室、頁、自、計、失、匹、密、戾、節、替、畀、屈、肆、
四、翳、蔑、丿。

上列諧聲偏旁變入《廣韻》至、霽、怪、質、櫛、黠、鎋、屑、薛、職。

第六部　真部[ən]

《詩經》韻字表

蓁、人、蘋、濱、淵、身、洵、信、薪、榛、芩、天、零、田、千、姻、
命、申、仁、溱、顛、令、鄰、巔、鄰、年、駰、均、詢、親、電、臻、
陳、翩、鳶、臣、賢、盡、引、旬、賓、矜、玄、民、新、堅、鈞、旬、
填、泯、盡、頻、神、典、禮、倩、胤。

諧聲偏旁表

秦、人、頻、賓、冎、身、旬、信、新、辛、令、天、田、千、因、令、
命、申、電、仁、真、囟、粦、年、匀、陳、扁、鳶、臣、臤、堅、賢、
夆、盡、引、矜、典、壺、倩、民、玄、丏、寅、印、晉、奠、疢、藺、
粦。

上列諧聲偏旁變入《廣韻》真軫震、諄準稕、臻、先銑霰、仙獮線、庚梗
映、清靜勁、青迥徑。

第七部　微部[əi]

《詩經》韻字表

歸、衣、巋、隤、罍、綏、微、飛、靁、違、畿、頎、畏、晞、崔、唯、
悲、火、葦、枚、騑、依、霏、薇、威、罪、頹、遺、摧、幾、尾、豈、
蕳、回、壞、推、雷、燬、煒、維、哀、腓、惟、騤、追、圍、葵、萎。

諧聲偏旁表

自、追、歸、衣、鬼、貴、畾、靁、褱、妥、綏、敊、微、飛、韋、口、
彙、壘、衰、肥、乖、虫、朏、卉、臾、遺、幾、頎、畏、希、隹、崔、

隼、水、非、火、枚、威、癸、哀、罪、皋、蕢、尾、豈、回、毀、委、
開、妃、累。

上列諧聲偏旁變入《廣韻》脂旨至、支紙寘、微尾未、皆駭怪、灰賄隊、
咍海代。

第八部 沒部[ət]

《詩經》韻字表

塈、謂、出、卒、述、遂、悸、棣、樲、醉、瘁、蔚、律、弗、愛、沒、
對、妹、渭、季、匱、類、位、溉、懟、內、寐、優、逮、隧、悖、穟、
茀、仡、忽、拂、退。

諧聲偏旁表

旡、既、胃、出、卒、率、兀、矞、甶、去、尗、豙、骨、帥、鬱、季、
隶、蒞、祟、屵、尉、器、配、冀、未、叔、弗、愛、夃、沒、對、貴、
頪、位、內、孛、退、未、乞、气、勿、突、聿、律。

上列諧聲偏旁變入《廣韻》至、未、霽、隊、代、術、物、迄、沒。

第九部 諄部[ən]

《詩經》韻字表

詵、振、縉、孫、門、殷、貧、艱、洒、洧、殄、奔、君、隕、湣、昆、
聞、惇、瑉、順、問、雲、存、巾、員、鰥、輪、淪、困、鶉、飧、勤、
閔、晨、輝、旂、群、焞、先、堇、忍、云、雰、芹、慍、曇、熏、欣、
芬、訓、川、焚、遯、耘、畛、敦、焞、盼、慇、壺、純、近、錞、訊、
塵。

諧聲偏旁表

先、辰、昏、孫、門、殷、分、堇、西、免、參、奔、君、員、昆、
辠（隸變作享）、兩、云、雲、存、鰥、眔、命、困、侖、飧、文、軍、
斤、刃、盈、曇、熏、川、焚、豚、圂、壺、屯、春、塵、臀、困、虤、
閏、巾、筋、蚰、尊、肙、盾、晋、ㄆ、丨、本、允、艮、奮、胤、糞、
賁、吻、尹。

上列諧聲偏旁變入《廣韻》微尾未、齊薺霽、灰賄隊、真軫震、諄準稕、欣隱焮、魂混慁、痕很恨、山產襇、仙獮線、先銑霰。

第十部　支部[e]

《詩經》韻字表

支、觿、知、斯、枝、提、伎、雌、篍、卑、疷、圭、攜、祇、解、柴。

諧聲偏旁表

支、巂、知、斯、是、此、虒、卑、乀、氏、圭、解、只、兮、卮、兒、規、醨、乖、系、启、弭、芈。

上列諧聲偏旁變入《廣韻》支紙寘、齊薺霽、佳蟹卦。

第十一部　錫部[ek]

《詩經》韻字表

適、益、謫、簀、錫、璧、甓、鶂、惕、賜、績、帝、易、辟、剔、刺、狄、蹐、脊、蜴、也、掃、晳、厄、裼。

諧聲偏旁表

卨、適、益、責、易、辟、鬲、臭、帝、朿、刺、狄、脊、厄、析、髟、畫、底、糸、厤、秝、麻、歷、彳、冊、毄、冂、役、覡、買、鳶、鬩、蹢、擲、鶪、迹。

上列諧聲偏旁變入《廣韻》寘、霽、卦、陌、麥、昔、錫。

第十二部　耕部[eŋ]

《詩經》韻字表

縈、成、丁、城、定、姓、盈、鳴、旌、青、瑩、星、清、聲、庭、名、正、甥、菁、罌、苹、笙、平、寧、生、嚶、聘、驚、征、楹、冥、醒、政、領、程、經、聽、爭、潁、屏、營、楨、靈、淫、馨、刑、傾、姓、贏、霆、禎、敬。

諧聲偏旁表

熒、成、丁、定、生、盈、鳴、青、星、殸、廷、名、正、平、寧、睘、

嬰、冂、同、敬、冥、呈、領、甹、巠、壬、爭、頃、潁、穎、熲、幸、
省、并、开、屏、刑、形、貞、皿、霝、靈、嬴、井、贏、晶、觲、鼎、
耿、炅、駉。

上列諧聲偏旁變入《廣韻》庚梗敬、耕靜勁、青迥徑。

第十三部　魚部[a]

《詩經》韻字表

砠、瘏、痡、吁、華、家、楚、馬、筥、釜、下、女、處、渚、與、車、
葭、犯、虞、羽、野、雨、舞、俣、虎、組、邪、且、狐、烏、盧、旟、
都、五、予、瓜、琚、甫、蒲、許、湑、父、顧、武、舉、所、蘇、閭、
荼、藘、娛、乎、著、素、圃、瞿、鱮、岵、鼠、黍、怙、苦、禦、渠、
餘、輿、鼓、夏、栩、紓、語、股、宇、戶、壺、苴、樗、夫、稼、据、
租、胡、瑕、鹽、帑、圖、藚、芋、湑、酤、暇、固、除、故、居、塗、
書、寫、旅、午、襫、寡、牙、祖、堵、去、芋、魚、輔、徒、辜、鋪、
土、沮、憮、怒、舍、盱、暑、盧、湇、扈、祜、黼、紓、哻、呱、脯、
豫、圉、助、茹、胥、訏、嘑、譽、舒、鋪、緒、虜、浦、稌、瞽、虞、
嘏、補、據、沔、瞿、椐、罦、呼、賦、禡、臚。

諧聲偏旁表

且、虛、助、者、甫、于、華、家、疋、楚、胥、馬、居、呂、父、布、
專、下、麗、及、巫、凵、去、鹵、兆、普、女、与、與、処、處、車、
叚、巴、吳、虞、羽、予、雨、土、戶、雇、所、蠱、亞、賈、步、互、
社、兔、初、毋、古、奴、舞、虍、虎、盧、虜、虞、乎、牙、烏、於、
五、吾、午、武、穌、素、岨、瞿、鼠、黍、禹、巨、余、舁、輿、鼓、
夏、宁、股、壺、夫、圖、書、旅、寡、魚、魯、徒、舍、虘、盧、寫、
羖、圉、廙、豦、如、罦、賦、無、无。

上列諧聲偏旁變入《廣韻》魚語御、虞麌遇、模姥暮、麻馬禡。

第十四部　鐸部[ak]

《詩經》韻字表

莫、濩、綌、斁、露、夜、蓆、作、射、御、落、若、薄、鞹、夕、碩、

獲、澤、戟、穫、貉、駱、度、奕、烏、繹、宅、石、錯、藿、客、閣、橐、惡、踖、炙、庶、格、酢、白、赫、廓、膟、咢、懌、貊、墼、籍、柞、雒、樂、博、逆、諾、尺、昔、恪、愬、路、柘。

諧聲偏旁表

莫、雙、谷、睪、席、乍、射、卸、亦、夜、薄、郭、夕、石、戟、各、客、若、度、烏、毛、宅、昔、霍、炙、庶、白、赫、赤、百、叡、墼、博、逆、屰、朔、咢、隻、尺、枲、霫、走、皀、豐、索、虱、虢、惡、博。

上列諧聲偏旁變入《廣韻》御、遇、暮、禡、藥、鐸、陌、麥、昔。

第十五部　陽部[aŋ]

《詩經》韻字表

筐、行、岡、黄、魷、傷、荒、將、廣、泳、永、方、陽、逭、裳、亡、頏、良、忘、鏜、兵、臧、涼、雺、景、養、襄、詳、長、唐、鄉、姜、上、彊、兄、堂、京、桑、蝱、狂、湯、杭、望、梁、簧、房、牆、揚、彭、英、翔、昌、瀼、明、光、狼、蹌、霜、嘗、常、楊、蒼、央、防、魴、牂、煌、稂、庚、斨、場、饗、羊、疆、皇、享、剛、爽、藏、覛、章、衡、瑲、珩、祥、牀、璋、王、痒、向、盟、漿、箱、傍、仰、掌、亨、祊、慶、粱、倉、泱、怲、抗、張、讓、商、仉、喪、綱、康、糧、囊、卬、卿、螗、羹、往、競、梗、粻、鏘、錫、洸、喤、穰、鶬、香、洋、腸、罜、孟。

諧聲偏旁表

坣、匡、尫、行、岡、光、黄、廣、易、亢、爿、永、皇、亡、良、喪、強、量、网、罔、囧、象、皿、並、弜、向、尚、兵、臧、京、羊、襄、長、庚、唐、康、皀、鄉、卿、畕、兄、桑、秉、丈、杏、上、誩、競、罔、竟、匠、狂、亢、望、刃、劷、梁、彭、央、昌、明、倉、相、享、王、爽、衡、章、商、卬、慶、丙、亨、囊、斿、葬、网、羹、往、更、香、匸、方。

上列諧聲偏旁變入《廣韻》陽養漾、唐蕩宕、庚梗映。

第十六部　侯部[au]

《詩經》韻字表

蔞、駒、筍、後、姝、隅、蹰、驅、侯、殳、濡、渝、樞、婁、愉、
芻、逅、株、咮、媾、諏、豆、飫、孺、枸、楰、者、餱、具、瘉、
口、愈、侮、主、醹、斗、厚、愚、漏、覯、后、趣、揄、務、畀、
附、奏、垢。

諧聲偏旁表

婁、句、後、朱、禹、壴、尌、廚、區、侯、几、殳、需、俞、芻、兜、
頪、須、丨、主、乳、走、戍、扁、漏、寇、后、冓、取、豆、飫、臾、
具、口、侮、斗、厚、敄、務、畀、付、晝、鬥、陋、奏。

上列諧聲偏旁變入《廣韻》侯厚候、虞麌遇。

第十七部　屋部[auk]

《詩經》韻字表

谷、木、角、族、屋、獄、足、楸、鹿、束、玉、讀、辱、曲、賣、
穀、祿、粟、僕、椓、獨、卜、濁、霂、渥、續、欲、局、沐、裕、
屬。

諧聲偏旁表

谷、木、沐、角、族、屋、獄、足、欶、束、鹿、玉、賣、讀、玨、辱、
曲、穀、殼、彔、粟、美、豕、蜀、屬、卜、局、禿、丁。

上列諧聲偏旁變入《廣韻》候、遇、屋、燭、覺。

第十八部　東部[auŋ]

《詩經》韻字表

僮、公、墉、訟、從、縫、總、東、同、蓬、樅、蠚、庸、容、罿、凶、
聰、控、送、松、龍、充、童、丰、巷、雙、功、濛、顒、攻、龐、饔、
備、訩、誦、邦、邛、共、雝、重、恫、恭、衝、縱、樅、鏞、鐘、廱、
逢、豐、檬、唪、谼、蒙、肜、勇、勭、竦。

諧聲偏旁表

童、重、東、公、翁、庸、甬、用、從、从、工、空、恖、囪、叢、茸、
舂、嵩、尨、肜、孔、冗、卅、弄、冡、蒙、同、封、容、凶、送、松、
龐、龍、充、丰、邦、夆、逢、豐、巷、共、雙、顒、雍、雝、邕、奉、
竦、翀。

上列諧聲偏旁變入《廣韻》東董送、鍾腫用、江講絳。

第十九部　宵部[ɐu]

《詩經》韻字表

藻、潦、悄、小、少、摽、夭、勞、旄、郊、敖、驕、鑣、朝、刀、桃、
瑤、苗、搖、消、麃、喬、遙、漂、要、倒、召、刃、殽、謠、號、巢、
苕、飄、嘌、弔、膏、蒿、昭、怓、俶、旒、囂、瞀、毛、瞉、鷮、教、
瀌、燎、寮、笑、蕘、芼、沼、炤、盜、毳、到、皎、僚、蔞、譙、翹、
曉、怓、紹、趙、呶、照。

諧聲偏旁表

枭、尞、肖、小、少、票、夭、勞、毛、交、敖、喬、麃、朝、名、要、
到、召、刀、肴、號、号、巢、弔、高、兆、囂、瞉、教、笑、堯、盜、
焦、怓、呶、杲、苗、爻、垚、梟、焱、奞、畾、料、发、表、受、皃、
罪、淼、杳、窅、晶、幽、鬧、顥、杲、卒。

上列諧聲偏旁變入《廣韻》蕭篠嘯、宵小笑、肴巧效、豪皓號。

第二十部　藥部[ɐuk]

《詩經》韻字表

籥、翟、爵、綽、較、謔、虐、樂、藥、鑿、襮、沃、櫟、駁、罩、的、
濯、鬻、躍、蹻、削、溺、虠、暴、焯、曜。

諧聲偏旁表

龠、翟、爵、卓、較、虐、樂、丵、鑿、暴、沃、駁、鬻、蹻、削、弱、
勺、的、兒、貌、須、虠、隺、敫、爨、雀、尿。

上列諧聲偏旁變入《廣韻》笑、效、號、覺、藥、鐸。

第二十一部　幽部[əu]

《詩經》韻字表

鳩、洲、述、流、求、逑、仇、休、昴、裯、猶、包、誘、舟、憂、遊、
冒、好、報、手、老、軌、牡、游、救、雡、售、漕、悠、埽、道、醜、
懰、蕭、秋、造、狩、酒、鵨、首、阜、觓、瀟、膠、瘳、茂、慆、栲、
杻、考、保、聊、條、褎、究、周、收、輈、袍、矛、簋、飽、缶、翯、
茷、椒、皓、懰、受、慅、棗、稻、壽、茅、絢、韭、銶、逌、哀、舅、
咎、柔、草、囊、醻、浮、擣、昊、馨、妯、戊、禱、苞、卯、阜、莠、
觩、幽、炮、罶、臭、孚、秀、曹、牢、匏、酋、寶、騷、孝、鳥、蓼、
茆、囚、搜、球、旒、脩、罦、陶、俅、糾、蜩、朽、調、樔、蹂、叟。

諧聲偏旁表

九、州、求、流、逑、休、卯、周、酋、包、秀、舟、恖、憂、髟、勹、
采、彪、鹵、麀、牟、蒐、爰、夘、夋、爪、汙、斿、游、冒、好、報、
軌、牡、雡、雔、售、曹、收、埽、道、酉、蕭、秋、龝、造、守、酒、
早、首、阜、壽、翏、戊、舀、考、丑、保、褎、丩、收、包、矛、簋、
缶、椒、皓、劉、受、叉、蚤、棗、匋、韭、哀、臼、舅、咎、早、孚、
昊、由、阜、幽、丝、留、臭、秀、棘、曹、牢、孝、鳥、囚、叟、旒、
勼、柔、手、老、帚、禾、肘、艸、夰、牖、冃、曰、討、幼、獸、殴、
皋、幺、卣。

上列諧聲偏旁變入《廣韻》脂旨至、蕭篠嘯、宵小笑、肴巧效、豪皓號。

第二十二部　覺部[əuk]

《詩經》韻字表

鞠、覆、育、毒、祝、六、告、陸、軸、宿、鞫、菊、篤、燠、薁、菽、
復、畜、腹、奧、戚、慼、俶、迪、蕭、穆、夙、歗、淑、覺、繡、鵠。

諧聲偏旁表

竹、籰、鞠、复、復、育、毒、祝、六、告、坴、稑、軸、佴、宿、目、
鬻、粥、就、昱、穆、迪、滌、菊、篤、奧、未、叔、逐、畜、戚、迪、

蕭、翏、穆、臼、學、覺、孰、肉、夙。

上列諧聲偏旁變入《廣韻》嘯、號、宥、屋、沃、覺、錫。

第二十三部　冬部[əuŋ]

《詩經》韻字表

中、宮、蟲、忡、降、仲、宋、冬、窮、躬、戎、潨、宗、崇、沖、終、濃。

諧聲偏旁表

中、宮、躬、窮、蟲、融、冬、夅、降、宋、眾、宗、戎、農、彤。

上列諧聲偏旁變入《廣韻》東送、冬宋、江講絳。

第二十四部　之部[ə]

《詩經》韻字表

采、友、否、母、有、趾、子、沚、事、哉、汜、以、悔、李、裏、已、絲、治、試、霾、來、思、久、耳、淇、謀、齒、止、俟、尤、蚩、丘、期、媒、右、玖、塒、涘、里、杞、洧、士、晦、喜、佩、畝、鯥、偲、屺、梅、裘、鯉、騏、耜、狸、疚、時、臺、萊、基、己、載、芑、海、殆、仕、矣、痗、使、負、似、梓、在、祀、詩、之、恥、恃、紀、起、耔、薿、敏、能、怠、婦、秠、茲、饎、舊、忌、宰、理、誨、寺、駓、伾、貽、侑、又、鮪、紑、基、牛、鼒、偹、郵、龜。

諧聲偏旁表

采、友、不、否、母、又、有、止、子、事、才、弋、哉、載、已、以、每、李、里、己、絲、目、台、矣、尤、貍、來、思、久、耳、其、箕、某、屮、之、寺、時、丘、右、臣、絷、釐、而、丌、牛、災、甾、辭、司、灰、亥、喜、佩、畝、裘、臺、士、史、吏、負、梓、宰、在、恥、疑、敏、能、婦、丕、茲、舊、郵、龜、啚、再、乃、音。

上列諧聲偏旁變入《廣韻》脂旨至、之止志、皆駭怪、灰賄隊、咍海代、尤有宥、侯厚候、軫。

第二十五部　職部[ɔk]

《詩經》韻字表

得、服、側、革、緎、食、息、特、懝、麥、北、弋、極、德、國、飾、力、直、克、襋、棘、輻、穡、億、翼、稷、域、忒、福、戒、試、爽、薔、富、異、蟘、勒、㦚、螣、賊、黑、罭、色、則、式、匐、嶷、背、識、織、餥、熾、飭、備、淢、牧、意、亟、囿、伏、塞。

諧聲偏旁表

㝷、尋、得、及、則、革、或、食、飾、飭、息、特、懝、麥、北、弋、亟、悥、力、直、克、棘、畐、嗇、稷、意、翼、㚈、稷、戒、式、皕、爽、異、勒、㦚、黑、墨、匿、色、嶷、賊、戠、菔、備、牧、囿、伏、塞、圣、㼵、仄、夨、敕、茍、毒、郁、服、螣。

上列諧聲偏旁變入《廣韻》志、怪、隊、宥、屋、麥、昔、職、德。

第二十六部　蒸部[əŋ]

《詩經》韻字表

薨、繩、掤、弓、夢、憎、升、朋、興、陵、增、恒、崩、承、懲、蒸、雄、兢、肱、勝、騰、冰、陾、登、馮、烝、膺、縢、乘、弘、贈。

諧聲偏旁表

薨、蠅、繩、朋、弓、夢、曾、升、興、夌、亙、恒、承、徵、丞、烝、厶、厷、雄、肱、兢、夌、朕、勝、騰、冰、陾、登、夂、馮、雁、膺、鷹、應、縢、乘、弘、凝、冉、稱、凭、仍、肯、孕。

上列諧聲偏旁變入《廣韻》蒸拯證、登等嶝、東送。

第二十七部　緝部[əp]

《詩經》韻字表

揖、蟄、及、泣、濕、合、軜、邑、隰、翕、湁、集、楫、輯、洽、急、入。

諧聲偏旁表

咠、執、及、立、卒、㬎、濕、合、軜、邑、隰、集、急、入、十、亼、
習、廿、卒、皀、龖、眔、沓、疊、卅、雥、澀。

上列諧聲偏旁變入《廣韻》緝、合、洽。

第二十八部　侵部[əm]

《詩經》韻字表

林、心、三、今、風、音、南、葚、耽、衿、欽、鬵、芩、琴、湛、駸、
諗、錦、甚、僭、煁、男、深、黮、琛、金、枕、蕈、寢、歆、慘、陰、
飲、諶、臨。

諧聲偏旁表

林、心、三、今、琴、凡、風、音、南、甚、冘、金、旡、兓、鬵、彡、
參、衫、壬、众、羊、稟、審、闖、淫、朁、㝷、侵、念、男、突、罙、
深、覃、侌、飲、品、臨、咸。

上列諧聲偏旁變入《廣韻》侵寑沁、覃感勘、談、鹽琰豔、添忝㮇、東送。

第二十九部　怗部[ɐp]

《詩經》韻字表

葉、涉、韘、捷。

諧聲偏旁表

帀、臿、夾、耴、枼、聑、聶、嵒、涉、聿、疌、㠯、籋、燮、怗、乏、
法。

上列諧聲偏旁變入《廣韻》怗、合、洽、葉、業、乏。

第三十部　添部[ɐm]

《詩經》韻字表

涵、讒、萏。

諧聲偏旁表

忝、占、兼、廉、欠、冄、冉、弇、马、圅、函、臽、奄、𢦔、韱、僉、

贛、染、甜、閃、丙、銛、凵、龜、貶、寽。

上列諧聲偏旁變入《廣韻》添忝㮇、覃感勘、咸豏陷、鹽琰豔、嚴儼釅、凡范梵。

第三十一部　盍部[ap]

《詩經》韻字表

甲、業。

諧聲偏旁表

盍、劫、㬻、巤、甲、屵、壓、妾、怯、耷、業。

上列諧聲偏旁變入《廣韻》盍、狎、葉、業。

第三十二部　談部[am]

《詩經》韻字表

檻、葵、敢、巖、瞻、惔、談、斬、監、甘、餤、藍、襜、詹、儼、嚴、濫。

諧聲偏旁表

炎、詹、甘、狀、厭、監、覽、敢、厰、嚴、巖、鹽、斬、銜、燄、毚。

上列諧聲偏旁變入《廣韻》談敢闞、銜檻鑑、鹽琰豔、嚴儼釅。

【附錄四】古音三十二部之對轉與旁轉表

元音＼韻尾	ə	ɐ	a
−0	ə 之【18之】	ɐ 支【12支】	a 魚【19魚】
−k	ək 職【18之】	ɐk 錫【12支】	ak 鐸【19魚】
−ŋ	əŋ 蒸【3蒸】	ɐŋ 耕【7耕】	aŋ 陽【6陽】
−u	əu 幽【21幽】	ɐu 宵【22宵】	au 侯【20侯】
−uk	əuk 覺【21幽】	ɐuk 藥【22宵】	auk 屋【20侯】
−uŋ	əuŋ 冬【2冬】	0	auŋ 東【1東】
−i	əi 微【14脂】	ɐi 脂【14脂】	ai 歌【11歌】
−t	ət 沒【14脂】	ɐt 質【13至】	at 月【15祭】
−n	ən 諄【9諄】	ɐn 真【8真】	an 元【10元】
−p	əp 緝【17緝】	ɐp 怗【16盍】	ap 盍【16盍】
−m	əm 侵【4侵】	ɐm 添【5談】	am 談【5談】

（一）對轉

　　錢玄同《文字學音篇》曰：「要之陰聲陽聲實同一母音，惟有無鼻音為異，故陰聲加鼻音即成陽聲，陽聲去鼻音即成陰聲，入聲者，介於陰陽之間，緣其本出於陽聲，略有收鼻音，故入聲音至短促，不待收鼻，其音已畢，頗有類於陰聲。然細察之，雖無收音，實有收勢，則又近於陽聲，故曰介於陰陽之間也。

因其介於陰陽之間，故可兼承陰聲陽聲，而與二者皆得通轉。《廣韻》入聲承陽聲，近代古音家上考古韻，謂入聲多與陰聲通用，此即兼承陰陽之證。」（陽聲韻尾收m、n、ŋ、p、t、k；陰聲則無。）

【第一類】歌月元對轉。[a]

1. 歌月對轉：歌為[ai]，月為[at]，主要元音相同，韻尾相近。
2. 歌元對轉：歌為[ai]，元為[an]，主要元音相同，韻尾相對應。
3. 月元對轉：月為[at]，元為[an]，主要元音相同，韻尾發音部位相同，只不過發音方法有塞音與鼻音之異而已。

【第二類】脂質真對轉。[ɐ]

1. 脂質對轉：脂為[ɐi]，質為[ɐt]，主要元音相同，韻尾相近。
2. 脂真對轉：脂為[ɐi]，真為[ɐn]，主要元音相同，韻尾相對應。
3. 質真對轉：質為[ɐt]，真為[ɐn]，主要元音相同，韻尾發音部位相同，只不過發音方法有塞音與鼻音之異而已。

【第三類】微沒諄對轉。[ə]

1. 微沒對轉：微為[əi]，沒為[ɐt]，主要元音相同，韻尾相近。
2. 微諄對轉：微為[iə]，諄為[nə]，主要元音相同，韻尾相對應。
3. 沒諄對轉：沒為[tə]，諄為[nə]，主要元音相同，韻尾發音部位相同，只不過發音方法有塞音與鼻音之異而已。

【第四類】支錫耕對轉。[ɐ]

1. 支錫對轉：支為[ɐ]，錫為[ɐk]，主要元音相同，故相對轉也。
2. 支耕對轉：支為[ɐ]，耕為[ɐŋ]，主要元音相同，故相對轉也。
3. 錫耕對轉：錫為[ɐk]，耕為[ɐŋ]，主要元音相同，韻尾發音部位相同，只不過發音方法有塞音與鼻音之異而已，以其音相近，故相互對轉也。

【第五類】魚陽鐸對轉。[a]

1. 魚陽對轉：魚為[a]，陽為[aŋ]，主要元音相同，故相對轉也。
2. 魚鐸對轉：魚為[a]，鐸為[ak]，主要元音相同，故相對轉也。
3. 陽鐸對轉：陽為[aŋ]，鐸為[ak]，主要元音相同，韻尾發音部位相同，只不過發音方法有塞音與鼻音之異而已，以其音相近，故相互對轉也。

【第六類】侯屋東對轉。[a]

1. 侯屋對轉：侯為[au]，屋為[auk]，主要元音相同，故相對轉也。

2. 侯東對轉：侯為[au]，東為[auŋ]，主要元音相同，故相對轉也。

3. 屋東對轉：屋為[auk]，東為[auŋ]，主要元音相同，韻尾發音部位相同，只不過發音方法有塞音與鼻音之異而已，以其音相近，故相互對轉也。

【第七類】宵藥對轉。[ɐ]

宵讀為[ɐu]，藥讀為[ɐuk]，主要元音相同，故相對轉也。

【第八類】幽覺冬對轉。[ə]

1. 幽覺對轉：幽為[əu]，覺為[əuk]，主要元音相同，故相對轉也。

2. 幽冬對轉：幽為[əu]，冬為[əuŋ]，主要元音相同，故相對轉也。

3. 屋冬對轉：覺為[əuk]，冬為[əuŋ]，主要元音相同，韻尾發音部位相同，只不過發音方法有塞音與鼻音之異而已，以其音相近，故相互對轉也。

【第九類】之職蒸對轉。[ə]

1. 之職對轉：之為[ə]，職為[ək]，主要元音相同，故相對轉也。

2. 之蒸對轉：之為[ə]，蒸為[əŋ]，主要元音相同，故相對轉也。

3. 職蒸對轉：職為[ək]，蒸為[əŋ]，主要元音相同，韻尾發音部位相同，只不過發音方法有塞音與鼻音之異而已，以其音相近，故相互對轉也。

【第十類】緝侵對轉。[ə]

緝讀為[əp]，侵讀為[əm]，主要元音相同，故相對轉也。

【第十一類】怗添對轉。[ɐ]

怗讀為[ɐp]，添讀為[ɐm]，主要元音相同，故相對轉也。

【第十二類】盍談對轉。[a]

盍讀為[ap]，談讀為[am]，主要元音相同，故相對轉也。

（二）旁轉

王力云：「所謂『旁轉』，是從某一陰聲韻轉到另一陰聲韻，或從某一陽聲韻主到另一陽聲韻。例如：陰聲a，稍變閉口些就成為陰聲ɛ；又如陽聲ɔŋ，稍變開口些就成為陽聲ɑŋ，這在語音上是常見的事實。但是我們在古韻裡論旁

轉，就該對古韻的音值有了確切的證明，否則既不確知某韻與某韻相鄰近，也就無從斷定其為旁轉了。」

【一】陰聲諸部之旁轉－

1. 元音密近，韻尾相同，故得旁轉也：

歌[ai]脂[ɐi]旁轉、歌[ai]支[ɐ]旁轉、脂[ɐi]微[əi]旁轉、支[ɐ]魚[a]旁轉、侯[au]宵[ɐu]旁轉、宵[ɐu]幽[əu]旁轉、魚[a]之[ə]旁轉。

2. 元音相同，其中一個無韻尾，故得旁轉：

歌[ai]魚[a]旁轉、脂[ɐi]支[ɐ]旁轉、微[əi]之[ə]旁轉、魚[a]侯[au]旁轉。

3. 元音不同，但韻尾相同，亦勉強可以合韻：

歌[ai]微[əi]旁轉、侯[au]幽[əu]旁轉。

4. 元音相同，但韻尾發音部位差距大，音不切近，旁轉之例不多：

歌[ai]侯[au]旁轉、歌[ai]之[ə]旁轉、幽[əu]之[ə]旁轉。

5. 元音發音部位相同，其中一個無韻尾，得勉強旁轉：

脂[ɐi]之[ə]旁轉、微[əi]支[ɐ]旁轉、支[ɐ]之[ə]旁轉、宵[ɐu]之[ə]旁轉。

6. 元音密近，其中一個無韻尾，故得旁轉也：

魚[a]宵[ɐu]旁轉。

7、二部音雖不近，但因元音之音質含混，勉強可旁轉：

魚[a]幽[əu]旁轉。

8、二部音不相近，旁轉之例不多：

侯[au]之[ə]旁轉。

【二】入聲諸部之旁轉－

1. 元音密近，韻尾相同，故得旁轉也：

月[at]質[ɐt]旁轉、質[ɐt]沒[tɐ]旁轉、錫[ɐk]鐸[ak]旁轉、錫[ɐk]藥[ɐuk]旁轉、屋[auk]藥[ɐuk]旁轉、藥[ɐuk]覺[əuk]旁轉、緝[əp]怗[ɐp]旁轉、怗[ɐp]盍[ap]旁轉。

2. 元音相近或相同，韻尾相同，僅有圓脣與不圓脣之異，故得旁轉：

錫[ɐk]屋[auk]旁轉、錫[ɐk]職[ək]旁轉、鐸[ak]屋[auk]旁轉、鐸[ak]藥[ɐuk]旁轉、藥[ɐuk]職[ək]旁轉、覺[əuk]職[ək]旁轉。

3. 元音不同，但韻尾相同，亦勉強可以合韻：

月[at]沒[ət]旁轉、鐸[ak]職[ək]旁轉、屋[auk]覺[əuk]旁轉、屋[auk]職[ək]旁轉、緝[əp]盍[ap]旁轉。

4. 元音相近，但韻尾不同，仍得旁轉也：

月[at]錫[ɐk]旁轉、月[at]怗[ɐp]旁轉、質[ɐt]職[ək]旁轉、質[ɐt]緝[əp]旁轉、屋[auk]怗[ɐp]旁轉、藥[ɐuk]緝[əp]旁轉、藥[ɐuk]盍[ap]旁轉、職[ək]怗[ɐp]旁轉。

5. 元音相同，但韻尾不同，仍得旁轉也：

職[ək]緝[əp]旁轉、覺[əuk]緝[əp]旁轉、鐸[ak]盍[ap]旁轉、錫[ɐk]怗[ɐp]旁轉、沒[ət]緝[əp]旁轉、沒[ət]職[ək]旁轉、質[ɐt]怗[ɐp]旁轉、月[at]盍[ap]旁轉、質[ɐt]錫[ɐk]旁轉、月[at]鐸[ak]旁轉。

6. 二部音不相近，旁轉之例不多：

月[at]職[ək]旁轉、月[at]緝[əp]旁轉、沒[ət]盍[ap]旁轉、鐸[ak]緝[əp]旁轉、職[ək]盍[ap]旁轉。

【三】陽聲諸部之旁轉－

1. 元音密近，韻尾相同，故得旁轉也：

元[an]真[ɐn]旁轉、真[ɐn]諄[ən]旁轉、耕[ɐŋ]蒸[əŋ]旁轉、侵[əm]添[ɐm]旁轉、添[ɐm]談[am]旁轉。

2. 元音相近，韻尾不同，仍得旁轉也：

元[an]耕[ɐŋ]旁轉、真[ɐn]陽[aŋ]旁轉、真[ɐn]冬[əuŋ]旁轉、真[ɐn]侵[əm]旁轉、諄[ən]耕[ɐŋ]旁轉、耕[ɐŋ]侵[əm]旁轉、耕[ɐŋ]東[auŋ]旁轉、耕[ɐŋ]冬[əuŋ]旁轉。

3. 元音相同，韻尾不同，仍得旁轉也：

耕[ɐŋ]添[ɐm]旁轉、諄[ən]侵[əm]旁轉、諄[ən]蒸[əŋ]旁轉、真[ɐn]添[ɐm]旁轉、真[ɐn]耕[ɐŋ]旁轉、元[an]陽[aŋ]旁轉、陽[aŋ]東[auŋ]旁轉、東[auŋ]談[am]旁轉、蒸[əŋ]侵[əm]旁轉。

4. 元音相同，韻尾相同，只有圓脣與不圓脣之異，故可旁轉：

冬[əuŋ]侵[əm]旁轉。

5. 元音不同，但韻尾相同，然亦勉強可以合韻：

元[an]諄[ən]旁轉、耕[ɐŋ]陽[aŋ]旁轉、陽[aŋ]冬[əuŋ]旁轉、陽[aŋ]蒸[əŋ]

旁轉、東[auŋ]冬[əuŋ]旁轉、東[auŋ]蒸[əŋ]旁轉、侵[əm]談[am]旁轉。

6. 二部音不相近，旁轉之例不多：

諄[ən]陽[aŋ]旁轉、東[auŋ]侵[əm]旁轉。

※聲類遠近之判斷

◎同類

即發音部位相同。古音凡發音部位相同者，即可互相諧聲或通用也，因其部位相同，音易流轉故也。古聲同類亦謂之「旁紐雙聲」。

黃侃先生四十一聲類發音表

喉：影喻為（深喉）曉匣（淺喉）	喉：影喻為曉匣
牙：見溪群疑	牙：見溪群疑
舌頭：端透定泥	舌頭：端透定泥
舌上：知徹澄娘	舌上：知徹澄娘
半舌：來	半舌：來
半齒：日	半齒：日
舌齒間：照穿神審禪	舌齒間：照穿神審禪
正齒：莊初牀疏	正齒：莊初牀疏
齒頭：精清從心邪	齒頭：精清從心邪
重脣：幫滂並明	重脣：幫滂並明
輕脣：非敷奉微	輕脣：非敷奉微
【清濁】	【發送收】

◎同位

即發音方法相同。

影見端知精照莊幫非，皆發聲也。

曉溪透徹清心初疏穿審滂敷，皆清聲送氣也。

匣群定澄從邪牀神禪並奉，皆濁聲送氣也。

為喻疑泥來娘日明微，皆收聲也。

凡古聲同位者，音間有流轉，故音可互變也。

【附錄五】陳伯元先生古韻三十二部與王念孫古韻二十一部對照表

陳伯元先生古韻三十二部		王念孫古韻二十一部	
第十八部	東部	第一部	東部
第廿三部	冬部		
第廿六部	蒸部	第二部	蒸部
第廿八部	侵部	第三部	侵部
第十三部	添部	第四部	談部
第三十二部	談部		
第十五部	陽部	第五部	陽部
第十二部	耕部	第六部	耕部
第六部	真部	第七部	真部
第九部	諄部	第八部	諄部
第三部	元部	第九部	元部
第一部	歌部	第十部	歌部
第十部	支部	第十一部	支部
第十一部	錫部		
第五部	質部	第十二部	至部
第四部	脂部	第十三部	脂部
第七部	微部		
第八部	沒部		
第二部	月部	第十四部	祭部

第廿九部	帖部	第十五部	盍部
第三十一部	盍部		
第廿七部	緝部	第十六部	緝部
第廿四部	之部	第十七部	之部
第廿五部	職部		
第十三部	魚部	第十八部	魚部
第十四部	鐸部		
第十六部	侯部	第十九部	侯部
第十七部	屋部		
第廿一部	幽部	第二十部	幽部
第廿二部	覺部		
第十九部	宵部	第廿一部	宵部
第二十部	藥部		

【附錄六】論文中擬音字索引

（依筆畫排序）